Uma casa no fundo de um lago

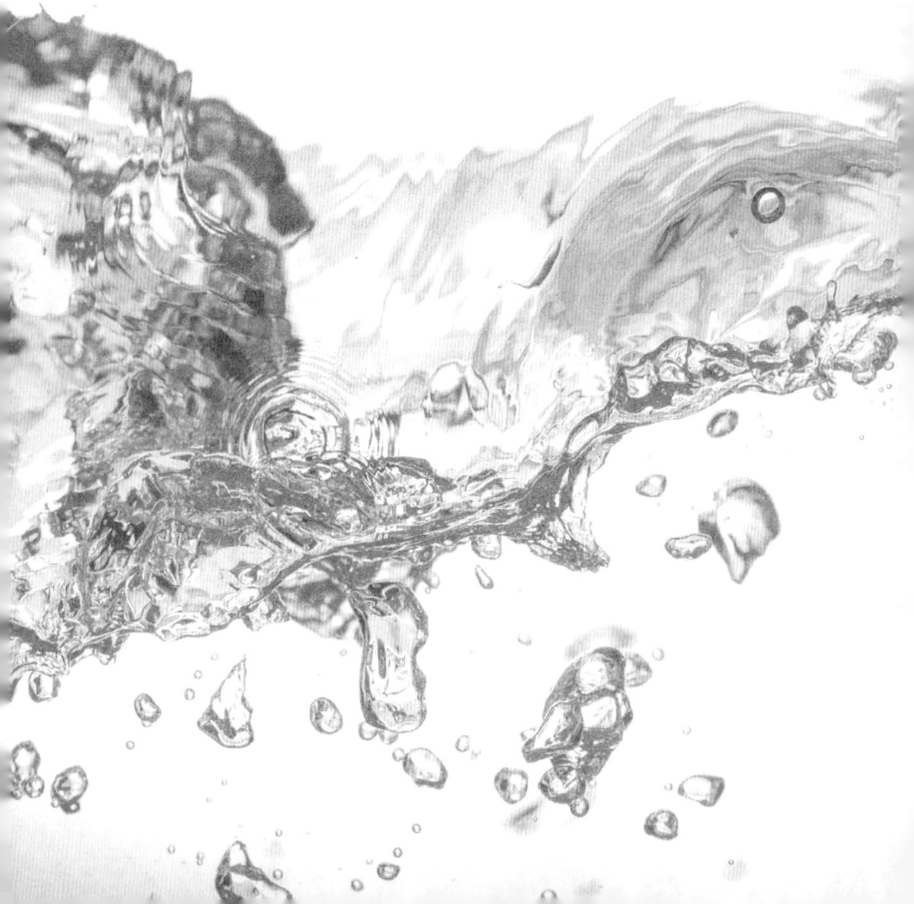

Uma casa no fundo de um lago

Tradução de
Fabiana Colasanti

intrínseca

Copyright © Josh Malerman 2016

TÍTULO ORIGINAL
A House at the Bottom of a Lake

REVISÃO
Raphani Margiotta
Beatriz D'Oliveira

DIAGRAMAÇÃO
Carolina Araújo | Ilustrarte Design e Produção Editorial

IMAGEM DAS ABERTURAS DE CAPÍTULO
Freepik

DESIGN DE CAPA
Pye Parr

ADAPTAÇÃO
Aline Ribeiro | linesribeiro.com

CIP-BRASIL. CATALOGAÇÃO NA PUBLICAÇÃO
SINDICATO NACIONAL DOS EDITORES DE LIVROS, RJ

M213c

    Malerman, Josh, 1975-
        Uma casa no fundo de um lago / Josh Malerman; tradução Fabiana Colasanti. - 1. ed. - Rio de Janeiro: Intrínseca, 2018.
        160 p.; 21 cm.

    Tradução de: A House at the Bottom of a Lake
    ISBN 978-85-510-0385-5

    1. Ficção americana. I. Colasanti, Fabiana. II. Título.

18-49908   CDD: 813
                                                                               CDU: 82-3(73)

[2018]
Todos os direitos desta edição reservados à
Editora Intrínseca Ltda.
Rua Marquês de São Vicente, 99, 3º andar
22451-041 – Gávea
Rio de Janeiro – RJ
Tel./Fax: (21) 3206-7400
www.intrinseca.com.br

Para a maluquice dos namoros.
Para o coração de uma casa dos horrores em chamas.
Para Allison.

1

É o melhor primeiro encontro de que já ouvi falar.

Amelia deu um grande sorriso e assentiu.

— Sim? — disse James, sem ter certeza se havia entendido direito.

Como posso dizer não?

— Como posso dizer não? Andar de canoa com um desconhecido? Sim. Eu adoraria.

Ambos com dezessete anos. Ambos com medo. Mas ambos dizendo sim.

James passou as mãos suadas pelo cabelo castanho e depois as enxugou no avental. Não era a primeira vez que ele a via na loja do seu pai. Era a quarta.

— Meu nome é Amelia — falou ela, imaginando se ele já sabia disso, se ele a havia procurado na internet.

— James — disse ele, e sorriu também. — E, nossa, eu estava muito nervoso para chamar você para sair.

— Sério? — perguntou ela com sinceridade, mas sabia que era verdade. A agitação o entregava. Mas ela também estava ansiosa. — Por quê?

James deu uma risadinha, constrangido.

— Você sabe... menino, menina... as pessoas se conhecem... sei lá! É assustador!

Amelia riu. Era bom ter um garoto chamando-a para sair. Caramba, era ótimo. Quanto tempo fazia desde que ela saíra com um garoto? E ainda mais no comecinho do verão... parecia natural.

Um novo dia.

Uma nova estação.

E sim para um desconhecido que a convidara para andar de canoa no primeiro encontro.

— Então, a ideia é a seguinte — falou James, olhando por cima do ombro à procura do pai. — Meu tio tem uma casa no lago...

— Aham, você disse isso.

— É, mas tem um *segundo* lago, saindo do primeiro, que *ninguém* frequenta. Quer dizer... algumas pessoas, sim, mas não vai ter, tipo, milhares de lanchas. Vamos poder remar até a margem, até a base das montanhas. E elas vão ser praticamente só nossas. As montanhas.

— Parece ótimo — disse Amelia, enfiando os polegares nos passadores do short jeans.

Ela arqueou as costas cobertas por uma regata amarela. Ficou receosa de os seios estarem parecendo muito grandes, então se curvou. Aí se preocupou por estar curvada.

James sentia-se ainda mais inseguro do que ela. Como estavam na loja de ferragens do pai dele, tinha certeza de que Amelia começaria a pensar duas vezes se ficasse tempo demais ali. *Este é o futuro dele?*, ela poderia cogitar. Certa vez uma garota lhe dissera isso. Perguntara se aquele era o futuro dele. James não queria que Amelia indagasse a mesma coisa. Não queria que ela fosse embora. Se ela estivesse pensando mais ou menos a mesma coisa que ele, Amelia já estaria visualizando os dois juntos no futuro, uma vida se desenrolando feito um tapete a partir do primeiro encontro. Ele imaginou os dois rindo no primeiro lago, beijando-se no segundo, casando-se em uma canoa, Amelia dando à luz em uma canoa...

— Sábado, então — falou ela, e por um segundo de loucura James achou que ela estava dizendo que deviam se casar no sábado.

Suas bochechas coraram. Ele tinha plena noção disso. Das suas bochechas. E então do seu corpo inteiro. De repente, preocupou-se por não malhar muito. Preocupou-se que ela fosse sair dali pensando na pança debaixo do seu avental e não nas montanhas com as quais ele havia tentado distraí-la.

E, ainda assim, ele conseguiu sorrir. Até encontrou alguma confiança na voz.

— Sim, sábado. Às nove da manhã. Nos encontramos aqui?

— Aqui?

Ela olhou de um lado para outro do corredor de mangueiras de borracha, braçadeiras e parafusos. Talvez fosse nesse momento que ela enfim perceberia o alcance da situação, o emprego que ele tinha, o futuro que o aguardava.

— A não ser que você prefira em outro lugar. Não me importo.

— Não, não — disse Amelia, tentando parecer casual enquanto se preocupava por ter ficado subitamente indecisa na frente dele. — Aqui está bom. Aqui está ótimo. Sábado. Às nove.

James esticou a mão para um cumprimento e percebeu que isso era constrangedor.

Aqui está ótimo.

Ele recolheu a mão no instante em que Amelia esticou a dela. Por isso ela também baixou a mão.

— Ótimo.

— Ótimo.

Ficaram olhando um para o outro, nenhum dos dois sabendo como encerrar aquela primeira conversa. Uma versão instrumental de uma canção de amor dos anos 1980 tocava nas caixas de som igualmente arcaicas da loja. Ambos sentiram a cafonice.

— Tchau — falou James, voltando às pressas pelo corredor.

Quase derrubou uma caixa de holofotes de jardim da prateleira. Não olhou de volta para Amelia enquanto a colocava no lugar. Em vez disso, afastou-se para falar com um cliente, qualquer um que parecesse estar precisando de ajuda. Mas, quando se afastou o suficiente, ele desejou *ter* olhado para trás.

Só queria ver o rosto dela mais uma vez.

Sábado, pensou. *Você vai vê-la de novo.*

Lá fora, andando depressa em direção ao carro, Amelia repassou o convite de James. Tinha adorado.

É o melhor primeiro encontro de que já ouvi falar.

E nada mal James ter olhos gentis. Um rosto e uma voz gentis também.

Só quando estava atrás do volante do seu Omni amarelo usado foi que Amelia se deu conta de que não havia comprado o que fora à loja comprar: uma mangueira nova.

Pensou em entrar de novo.

Não, decidiu. *Talvez você tenha vindo aqui para arranjar um encontro.*

Ela ligou o carro.

2

— Legal — disse Amelia. — É verde.

Era mesmo legal. Uma canoa verde com acabamento marrom. Parecia o tipo de canoa que ilustraria um livro de História, com dois índios americanos sentados dentro.

— É resistente também — falou o tio de James, Bob. Sua bermuda jeans e sua camisa de flanela aberta tinham saído direto de 1995. — Mas isso não quer dizer que não possa virar.

Amelia e James trocaram olhares. Já estavam com os tornozelos na água fria.

Eles mal se conheciam.

— Não vamos ficar de pé nela — disse James. — Sei que não seria uma boa ideia.

— Também sei — acrescentou Amelia.

— Você já andou de canoa? — perguntou tio Bob para ela.

Amelia corou.

— Eu não diria que *andei* de canoa, sabe, mas já estive em uma. Hum. Isso é andar de canoa?

Tio Bob riu e tirou os remos de dentro do barco.

— São de cerejeira maciça. Não perguntem por quê. Trish queria que fossem assim. Acho que ela não usa desde que compramos. Mas, olha, vocês dois vão poder usar uns remos bem chiques, viu?

Bob olhou para o *cooler* que James já havia colocado dentro da canoa.

— Não me importo se vocês beberem algumas cervejas no lago, mas tomem cuidado, está bem? — Ele se virou para Amelia.
— Quantos anos você tem?
— Dezessete.

Bob refletiu. Mas não por muito tempo.

— Dois adolescentes de dezessete anos — comentou. Seus olhos ficaram vidrados. Como se estivesse se lembrando de quando ele tinha dezessete anos. — Sensacional.

Quando James chegou à frente da canoa, a água batia nas canelas. Passou por cima da borda e sentou-se no primeiro banco. Amelia acomodou-se no outro, atrás dele.

— Obrigada, Bob — disse Amelia.
— Sem problemas. — Ele apoiou o pé de sandália na parte de trás da canoa. — Agora vão lá aproveitar os dezessete anos.

E os empurrou para dentro da água.

3

— Este é o lago — disse James. Em seguida, estalou os dedos, como se estivesse tentando pegar as palavras proferidas. *Óbvio* que ali era o lago.

— É lindo — falou Amelia.

James estava remando do lado direito da canoa. Amelia remava do esquerdo, conduzindo-os.

Os olhos dela se fixaram na superfície encrespada da água.

Era um azul lindo, o tipo de azul de uma pintura.

Amelia sentiu como se *estivesse* pintando, o remo sendo seu pincel. Como se toda aquela beleza saísse dos movimentos simples que ela e James faziam.

— O que acha que tem lá embaixo? — indagou Amelia, mas logo se arrependeu porque poderia parecer que ela estava com medo. *O que tem lá embaixo?* — Quer dizer... que tipo de peixe?

Ela não tinha coragem de avisar a James que a bermuda dele estava um pouco baixa de forma que ela estava vendo a ponta do seu cofrinho.

Cofrinho. Loja de ferragens. Isso a fez sorrir.

— De todos os tipos — disse James, sem ter certeza da resposta. — Robalo... eu acho.

Ele queria dizer a ela que havia algo mágico naquele lago. Um tesouro enterrado. Um navio naufragado misterioso. Um monstro.

Ele também se arrependeu de ter se sentado na frente. Não podia vê-la de onde estava.

James se virou para olhar para ela.

Os olhos dele estavam escondidos atrás dos óculos escuros, seu cabelo castanho-claro estava molhado com o suor das remadas. E além dele havia o azul infinito. Mas não... infinito, *não*. O lago era nitidamente delimitado pela margem, os dedos dos pés das montanhas. E as montanhas eram cobertas de árvores.

Havia muitas casas no sopé. Chalés e ranchos. Deques onde as famílias sentavam-se para beber café e assistir ao sol nascer e se pôr no lago. Amelia ficou imaginando que tipo de animais vivia entre as árvores, entre as casas.

O motor de um barco acelerou e James voltou a olhar para a frente. Amelia viu uma lancha ao longe, à direita, cingindo a margem. Quando viu as quatro pessoas a bordo em seus biquínis e calções, ela notou, surpresa, que achava a ideia da canoa melhor. A canoa verde com acabamento marrom. À moda antiga. Ela olhou para o *cooler* entre eles; sabia que James havia trazido algumas cervejas e alguns sanduíches. Parecia tão mais... elegante. Remar em vez de acelerar. Falar em vez de berrar. Ver em vez de passar correndo.

Um súbito grito estridente e tanto James quanto Amelia viram uma das garotas na lancha rindo, inclinando-se por cima da borda de trás, muito perto do motor, balançando os braços na direção do lago.

Ela estava bêbada. Descontraída. Divertindo-se à beça.

James teve medo de que Amelia achasse a lancha mais divertida. Parecia *mesmo* divertida. E lá estava ele suando na canoa do tio enquanto outros caras faziam as garotas gritarem num barco de verdade.

Olhou por cima do ombro, tentando avaliar o entusiasmo dela.

Amelia era linda. Simplesmente deslumbrante. De verdade. Seu cabelo castanho-avermelhado parecia ainda mais vívido em contraste com o pano de fundo do lago azul atrás dela. Ele não sabia muito bem de onde tirara coragem para convidá-la para sair. Só fizera e pronto. A canoa, o lago, ele deixara tudo isso escapar porque tinham sido as primeiras coisas divertidas nas quais pensou. E agora precisava de mais coragem. Mais confiança. Onde todas essas coisas tinham ido parar?

Ela estava se divertindo?

James deu as costas para ela, virando-se para a frente de novo.

Algo pulou na água. James apontou.

— Você viu aquilo? — gritou ele por cima do ombro.

— Não, mas ouvi.

— Era *grande*.

— Grande quanto?

As marolas deixadas para trás se espalharam.

— Não sei. Tipo do tamanho de uma fatia de pão.

Amelia abafou o riso. Depois soltou uma risadinha. Por fim, gargalhou abertamente.

— Do tamanho de uma fatia de pão? O que isso quer dizer?

Ela riu ainda mais.

James também.

— Juro. Foi como se uma fatia de pão de centeio tivesse pulado para fora da água.

Amelia quase disse a ele que isso a deixou com fome. Mas na verdade não tinha deixado. Só conseguia pensar em pão empapado.

Caramba, pensou ela. *Você está pensando em coisas para dizer. E os caras percebem isso! Os caras percebem quando as garotas estão tentando pensar no que dizer.*

Merda, pensou James. *Os caras naquele barco estão fazendo as meninas tirarem os biquínis de tanto entusiasmo e eu estou mencionando pão de centeio. Fala sério!*

Então ele se abaixou para pegar algo perto do pé e Amelia viu o horizonte ser dividido pelo corpo encurvado dele. As montanhas se estendiam por ambos os lados da ponta da canoa. Era incrível.

James se levantou de novo e, entre o indicador e o polegar, segurava uma aranha.

— Uma aranha! — exclamou ele, e Amelia viu que era grande. Grande demais.

Ela vasculhou o chão perto dos seus sapatos. Vasculhou a toalha na qual estava sentada.

— Merda! — falou.

— Você não gosta?

— Não... quer dizer... não é que eu não *goste*...

— Medo de aranhas? Só um pouquinho? Vou me livrar dela.

— Não! Onde você a colocaria?

James olhou para ambos os lados da canoa.

— Na água?

— Não, não. Seria horrível. Não posso viver sabendo que ela foi jogada no mar por minha causa.

Não posso viver? Jogada no mar? Amelia teve a impressão de que tudo o que dizia estava errado. Não a definia. Não a explicava para James.

— Bem, droga. Então ela vai ficar aqui.

Mas ele queria ajudá-la. Não queria que ela sentisse medo. Os caras na lancha provavelmente matavam aranhas o tempo todo.

— Está bem — disse Amelia. — Mas você pode ficar de olho nela para mim?

James deixou a aranha na canoa e apontou para a frente.

— Olhe ali — falou. — Aquela é a entrada para o segundo lago. Lá não tem nenhuma casa.

Amelia observou um telhado se projetando das árvores ao sopé. Como se estivesse afundando. Ou se escondendo.

— Parece legal — disse ela.

Eles remaram na direção do segundo lago.

4

Amelia não achava que era possível, afinal de contas, seria *muito* improvável — mas o segundo lago *era* mais bonito que o primeiro.

E mais afastado.

Tinha cerca de um terço do tamanho do primeiro, ela presumiu, e as margens eram tão cheias de árvores que parecia não ter nenhuma terra ali.

Como se a água se apoiasse nas árvores, um lago em cima de palafitas.

E a água!

Linda. Nada parecida com as praias tropicais que ela vira em fotos, melhor ainda que isso. A água mais límpida que ela já vira.

— Isso é... — começou ela, mas parou.

Também parou de remar. Apoiou o remo em cima das pernas, enrolou as mangas da camisa e apenas *observou*.

James continuou remando, mas devagar, também absorvendo tudo.

Amelia ficou escutando a canoa cortar a superfície fria, o único som ali, como se todos os peixes estivessem dormindo. Viu um reflexo na água, o *próprio* reflexo, seu rosto parecendo um disco encrespado no meio de palha castanho-avermelhada.

A estrutura verde da canoa parecia pertencer ao segundo lago, como se fizesse parte dele. Como se tivesse sido feita para ele.

Ela olhou para a frente, agradecendo em silêncio a James, e viu que ele também estava com o remo apoiado nas pernas. Ele olhava para a direita, de forma que ela via claramente seu perfil. Ficou muito feliz por ter aceitado o convite.

— Está com fome? — perguntou James, ainda olhando para a direita, para a margem cheia de árvores.

Ele estava com fome. Aliás, estava desde que haviam saído. Quis primeiro mostrar os lagos para ela, esperar até que estivessem ali no meio do segundo. E se não tivessem assunto? Bem, sem problemas. Ele tinha comida. E, se tivessem alguma coisa para falar, podiam conversar durante o almoço.

— Estou — respondeu Amelia.

James passou com cuidado os pés por cima do banco e Amelia se lembrou do tio Bob advertindo-os sobre a canoa virar. Imaginou os dois se estatelando na água, os braços abertos, a canoa afundando, nenhum barco ali para ajudá-los. Teriam que nadar até a margem. Perderiam o *cooler*, suas coisas.

De frente para ela no banco, James ficou de joelhos e a canoa realmente balançou. Amelia agarrou as laterais. James parou no meio do caminho até o *cooler*.

A canoa se estabilizou.

Eles se entreolharam. E riram.

— Desculpe — falou James. — Isso não foi muito inteligente.

— Foi por pouco.

Será mesmo? Com certeza fora o suficiente para assustá-la.

— Desculpe — repetiu ele.

— Não. Não se preocupe. Mas imaginei nós dois nos afogando, só isso.

Aquilo fora uma piada idiota?

James se sentiu idiota também.

— Sanduíche de peru? — perguntou ele. — Batata chips? Água?

— Parece bom. Tipo um combo de lanchonete.

Outra piada idiota. Quem falaria em combo de lanchonete estando cercado de tudo que era tão o oposto disso?

Mas James sorriu. Então pegou dois sanduíches embrulhados em papel-alumínio, duas garrafas de água e dois saquinhos de batatas. Entregou os de Amelia. Depois se levantou com cuidado e voltou para o banco.

— Você está tendo problema com sua mangueira? — perguntou James para ela.

Amelia riu com a boca cheia e engasgou.

— Você está bem?

— Estou — respondeu ela, engolindo em seguida. — E, sim, estou tendo problema com a minha mangueira. Eu me esqueci completamente de comprar uma nova quando passei na sua loja.

— A loja não é minha.

James se arrependeu de ter dito isso daquele jeito. Ainda não havia decidido se queria contar a Amelia que o pai dele era o dono do lugar. Será que ela já sabia?

— O que há de errado com a mangueira? — perguntou ele.

— Está furada.

— Tem certeza de que não é a braçadeira?

— O que é uma braçadeira?

Um pássaro voou baixo em direção à água, a vários metros de distância. James olhou para as pernas de Amelia.

— A braçadeira que junta as duas mangueiras. São duas, certo?

— Isso, são.

— Então provavelmente é a braçadeira. — Ele deu uma mordida no sanduíche. O pássaro voou para o alto outra vez. A pele de Amelia parecia tão limpa, tão macia. — Você viu mesmo um furo em uma delas?

— Acho que sim.

— Então talvez não seja a braçadeira. De qualquer jeito, posso consertar.

— Pode?

— Claro. Ou posso mostrar como e você mesma pode consertar. Se você parar para pensar, fazer reparos é bem simples.

As coisas têm partes definidas, sabe? Então basta começar descobrindo qual delas está quebrada.

— Está bem.

Uma águia voou acima deles. Foi até a margem. Acomodou-se no topo de uma árvore.

— Uau — disse James, apoiando o almoço em cima do *cooler*.

— Aposto como conseguimos ver de perto.

Mesmo de tão longe, Amelia achou que conseguiria distinguir um ninho no alto da árvore; um grande cesto de vime abrigando o pássaro.

— Vamos fazer isso.

James já estava dando a volta.

— Pronta? — gritou para ela.

— Pronta.

Eles remaram depressa na direção das árvores. A águia continuava no ninho. Parecia observar a aproximação deles. Quando estavam perto o suficiente, James empurrou o remo na água e a canoa virou ligeiramente, deslizando até uma parada perto da margem.

James se voltou para Amelia e levou um dedo aos lábios.

Mas Amelia tinha que dizer uma coisa.

— Puta merda — sussurrou ela. — Nunca vi uma... *tão de perto!*

Isso é bom, pensou James. Uma águia podia ser tão emocionante quanto uma lancha.

— É incrível — disse ele.

Amelia se arrependeu de não ter trazido uma câmera. Mas decidiu que não tinha problema não ter uma. Ela podia trazer da próxima vez. Então percebeu que já estava pensando na próxima vez.

Eles passaram muito tempo observando a ave. Por fim, ela acabou voando para longe, indo caçar, e Amelia acompanhou seu rumo, sua trajetória, até algo mais abaixo atrair seu olhar.

— O que é aquilo? — perguntou.

James olhou, esperando ver outra ave.

— O que é o quê?

— Aquilo.

Amelia apontou com um remo.

— Não estou vendo nada.

— É... uma pontezinha, talvez?

James colocou a mão acima dos olhos e estreitou-os para tentar ver para onde ela apontava.

— Não me lembro de ter nenhuma ponte aqui. E ainda não estou vendo o que você está falando.

— Está vendo aquela sempre-viva escura ali?

— Qual delas?

— A alta. A mais alta que...

— Ah, estou vendo.

— Muito bem, agora desça até a base para a esquerda, tipo... uma... duas... três árvores.

James obedeceu. Então viu.

— Ah, uau. Não faço ideia. Ei, espera aí. Eu sei o que é.

— O quê?

— É tipo um pedacinho de estrada. Concreto. Acho que é para quem cuida dos lagos. Tipo uma estrada de serviço.

— Ah.

James sorriu.

— Você quer ir até lá dar uma olhada, não quer?

Amelia deu de ombros. Não queria dizer não para nada. Pelo menos naquele dia.

— Claro, por que não?

— Hum — disse James. — Está bem. Também quero.

Eles remaram até o pedaço de estrada de concreto semiescondido pelas árvores da margem.

5

— O que você fez em outros primeiros encontros? — gritou James por cima do ombro.

— O quê?

— Como foram alguns dos seus outros primeiros encontros?

— Nada parecido com esse — gritou ela. — Cinema. Jantar.

Ótimo, pensou James.

— Cinema é um primeiro encontro fraco — comentou ele.

— É.

— Mesmo que o filme seja bom.

— É.

Amelia pensou em dizer algo inteligente, tipo: *Você pode aprender muita coisa sobre alguém se ficar sentado com a pessoa no escuro por duas horas.* Mas ela não disse porque não acreditava realmente nisso.

— Eu tive um encontro — falou ela, remando, conduzindo a canoa — em que o cara me levou para o rancho dos pais dele em Obega.

— Isso parece legal.

— Os pais dele estavam lá.

— Uau. Você conheceu os pais dele no primeiro encontro?

— É. Conheci.

James riu. Amelia também. Foi algo espontâneo, mas também havia certa ansiedade.

— Está vendo aquele emaranhado de arbustos logo abaixo do concreto? — perguntou ela.

— Estou, sim.
— O que estão escondendo?

Eles estavam perto o bastante para ver que havia um túnel debaixo do concreto. Surgiram as cores vermelho e verde-neon, preto e laranja.

Pichações. Muitas. Frases estranhas que pareciam sem sentido para eles, mas que deviam ter significado para outra pessoa.

— Moleques — disse Amelia.

Mas se arrependeu de ter falado isso. Era algo que sua mãe teria dito. Por que tinha parecido engraçado antes de ser dito? Ela não sabia o que era engraçado?

— O quê?

Ela não ia repetir.

— Mais perto — pediu em vez disso. — Vamos chegar mais perto.

— Uhum.

A água era mais escura ao longo da margem, sombreada pelas árvores. Amelia se perguntou se ali seria mais fundo, se a água que passava pelo túnel era muito funda.

— Tive o pior primeiro encontro do mundo — comentou James, remando.

— Ah, é?

— É. Convidei uma garota para jogar boliche e ela aceitou. Meu plano era convidar alguns amigos, fazer disso um programa. Mas ninguém pôde ir, então acabei indo jogar boliche com uma menina que não conhecia muito bem.

— Você é bom nisso.

James olhou por cima do ombro. Amelia sorriu.

— Bem, não convido muitas garotas para sair, se foi isso que você quis dizer.

— Eu só quis dizer que você é bom em passar um tempo com alguém que não conhece.

— Sou?

— É.

Amelia sorriu. James queria beijá-la.

— Valeu — disse ele. E estava falando sério. — Então fomos jogar boliche e a garota era legal, mas muito tímida, por isso tive dificuldade em conversar com ela. Fiz algumas perguntas, mas não foi fácil. Quando chegou a vez dela de jogar, ela foi andando até a pista, escorregou, caiu e quebrou o braço.

— Uau!

— Bem no cotovelo.

— Ah, cara.

— É. Foi horrível.

Eles tinham chegado perto o suficiente do túnel para ver que alguém havia pintado um pênis inchado e cheio de veias com olhos esbugalhados.

— Moleques — falou James, e Amelia desejou ter repetido.

Eles estavam o mais perto que dava sem entrar no túnel. Então pararam de remar. Ficaram à deriva. Olharam para dentro do túnel.

— Ei — disse James. — Pode ter mais um lago lá do outro lado.

Amelia entendeu o que ele quis dizer.

— Você nunca foi lá?

— Não. Acho que a canoa nem passa ali.

Amelia imaginou os dois entalados dentro do túnel. Um pênis inchado, cheio de veias e com olhos esbugalhados saindo da água.

— Aposto que passa — falou ela.

— É?

— É.

— Está bem — disse James. — Vamos tentar.

6

A canoa logo arranhou as paredes de concreto do túnel e James pensou em seu tio Bob.

Merda. A pintura.

A pintura verde. Descascando.

A canoa passava. Mas por pouco.

Era tão apertado que eles não podiam usar os remos. Nem ao menos podiam passar os remos por cima dos joelhos. Em vez disso, James deixou o seu no chão. Amelia fez a mesma coisa. Eles se empurraram pelo túnel com os dedos e as palmas das mãos.

Não falaram em não fazer aquilo. Não falaram em desistir.

Amelia ficou surpresa quando James tirou uma lanterna da mochila. Ela ressaltava a escuridão ali dentro.

O tempo todo parecia que ficariam presos, que estava apertado demais, que o túnel iria estreitar. Mas o túnel *não* estreitou e eles não ficaram presos. Só sofreram mais arranhões e descascados.

No meio do caminho os dois tiveram que se abaixar e durante dois terços do trajeto *realmente* tiveram que se abaixar, até seus ombros estarem entre os joelhos.

— Parece um caixão — comentou Amelia.

Tinha parecido mais engraçado na cabeça dela.

James estava ofegante. Não era um trabalho fácil.

— Olhe só para este — falou ele, completamente curvado na altura da cintura, iluminando a parede a centímetros da lateral da canoa.

Era o desenho de um bonequinho de palito, uma mulher com peitos enormes. Algo parecido com leite escorria deles. Uma segunda mulher, também de palito, estava ajoelhada diante da primeira, com a língua para fora, pronta para receber o líquido.

— Uau! — disse Amelia — Um túnel de artistas. Vândalos com tesão.

James gostou de ouvi-la dizer aquela palavra.

Tesão.

A trinta centímetros do desenho estava escrita a palavra "CARALHOS" em cor-de-rosa.

Eles riram. E suas risadas ecoaram pelo túnel.

— Podemos parar por um segundo? — perguntou James.

— Aqui?

— É. Já estou morrendo.

— Tudo bem.

James desligou a lanterna. Os dois estavam ofegantes. Amelia imaginou ele acendendo a luz de novo logo abaixo do rosto, uma iluminação monstruosa, revelando lábios e sobrancelhas grotescos grafitados.

— Eu tive outro primeiro encontro esquisito — disse James no escuro.

— Mais do que este?

— Antigamente havia uma cafeteria chamada Rita's na cidade. Lembra?

— Aham.

— Pois é. Eu costumava ler livros lá o tempo todo. Fiquei viciado em Agatha Christie e...

— Espera aí... Agatha Christie?

— É.

— Minha avó lê Agatha Christie.

— Ela é ótima.

— Sério?

— Sério.
— Está bem.
— É sério.
— Acredito em você. Então, o que aconteceu?
— Bem, essa *garota* também estava lendo Agatha Christie e veio falar comigo. Perguntou qual era o meu livro preferido. Esse tipo de coisa.
— Parece um bom começo.
— Acho que sim. E aí ela me convidou para sair.
— Para ir aonde?

Os ecos de suas vozes eram cortantes, agudos. A respiração parecia a de quatro pessoas, não duas.

— Ela me perguntou se eu queria fazer alguma coisa naquela noite, depois que a cafeteria fechasse. Foi só o que ela disse. Eu falei que tudo bem. Mas aí ela voltou para a mesa em que estava e tudo pareceu muito esquisito, sabe? Porque ela estava lendo na mesa dela e eu, na minha, e de repente ali estávamos nós, supostamente íamos sair juntos, só que sem conversar um com o outro, entendeu? Eu queria ir embora da cafeteria, mas me senti mal com isso, como se estivesse dando o bolo nela, sei lá. Então li oitenta páginas a mais do que havia planejado. E o tempo todo ela ficou lendo o dela do outro lado da cafeteria. E, no segundo em que fecharam, ela se aproximou de mim e perguntou "Pronto?". E eu disse que sim. Ela falou que devíamos ir para a casa dela assistir a um filme.

— Nossa! — disse Amelia. — Ela estava usando uma pulseirinha de hospital?
— Como assim?
— O que aconteceu depois?
— Fomos para a casa dela. Fomos para o porão. E nos sentamos em lados opostos do sofá.
— Ela tinha algum problema em se sentar perto de você?

James riu.

— Sim, tinha! E perguntou: "Você já viu *O Lenhador*?" Aliás, aproveito para perguntar, Amelia, *você* já viu *O Lenhador*?

— Ai, caramba. Vocês *não* assistiram a esse filme no primeiro encontro.

— Assistimos — respondeu James. — Pior que assistimos.

Amelia riu. Depois riu de novo.

— Pronta? — perguntou James. — Acho que estou melhor.

— Sim.

Eles apoiaram as palmas das mãos nas paredes escorregadias e empurraram para a frente de novo. Os arranhões e descascados voltaram na mesma hora.

À frente, luz do sol. Mas nenhuma vista. Ainda não.

Eles empurraram. Amelia sentiu o suor escorrendo pelas laterais dos seios, da barriga.

Eles conseguiram se sentar um pouco mais eretos. Pela metade.

— Quase lá — gritou James.

A canoa ficou presa.

Parecia que não ia se mover.

— Merda — disse James.

— Merda.

— Vamos empurrar. Vamos dar um empurrão com toda a força.

— Você está preocupado em arranhar a canoa? Está preocupado com a pintura?

— Estou.

— O que vamos fazer a respeito disso?

— Vou pegar um pouco de tinta na loja do meu pai.

— Na loja do seu pai?

— Merda.

— O que foi?

— Eu não queria contar que meu pai é o dono da loja de ferragens onde eu trabalho.

— Por que você não queria me contar?

— Você não sabia?

— Não. Mas isso é ótimo.

— Eu estava preocupado que você achasse que esse era meu futuro.

— Sério?

É claro que isso significava que ele estava imaginando um futuro com ela. Amelia não sabia como se sentia em relação a isso.

— Está pronta? — perguntou James.

Amelia ficou feliz com a mudança de assunto. Os dois ficaram, aliás.

— Pronta.

Eles espalmaram as mãos nas paredes. Um novo som se anunciou: metal retorcido. Amelia achou que aquelas palavras pareciam o nome de uma banda.

Metal retorcido.

James grunhiu e empurrou com o máximo de força que tinha.

Água respingou na ponta da canoa. Parecia fresca, fria, nova.

Eles deram mais um empurrão forte e, com um barulho ensurdecedor, a canoa se soltou.

Um ar frio os envolveu e cada um caiu de costas em seu banco, inclinando-se para trás, conforme a canoa deslizava sozinha para fora do túnel, movida pelo último impulso.

Nenhum dos dois pegou os remos conforme a canoa deslizava lentamente para a superfície de um terceiro lago.

— Puta merda — disse Amelia.

— É — falou James. — Puta merda.

7

O terceiro lago parecia habitado. Ou parecia que algum dia tinha sido. Ou talvez a pessoa que usasse a estrada fosse ali com frequência suficiente para deixar um vestígio de energia.

— Amargo pesadelo — disse Amelia.

Mas isso era bobagem. Eles não estavam no meio do mato no Tennessee. E, além do mais, era isso que todo mundo dizia quando ficava um pouco apreensivo numa canoa.

A margem era lotada de pinheiros altos que saíam de arbustos verde-escuros.

A água era turva, como se a lama do fundo do lago tivesse subido para ver quem havia saído do túnel.

— Não acredito que meu tio nunca me contou sobre isso — falou James.

Mas Amelia achava que entendia. Considerando a grandiosidade e a beleza dos dois primeiros lagos, não havia motivo para visitar o terceiro. Aquele lago era só um adendo. A calha entupida de uma casa que, não fosse por ela, seria linda.

E tinha um cheiro também. Não era exatamente de lixo, parecia o de objetos pessoais abandonados. Amelia havia sentido algo parecido ao visitar imóveis à venda com os pais.

— É isso — disse Amelia.

— Isso o quê?

Eles voltaram a remar, afastando-se do túnel e chegando mais perto do meio do novo lago.

— Parece que estamos vendo algo que não devíamos. Algo particular.

James virou a cabeça para o céu.

— Está sentindo esse cheiro? — perguntou.

— Acho que sim — respondeu ela. Mas ficou imaginando o que ele achava que era. — Você está sentindo cheiro de quê?

— *Velhice!*

Ele se virou e sorriu para ela.

Amelia também sorriu. Ela pensou no primeiro lago. Será que deveriam voltar para lá?

— Não é tão ruim — disse ela, querendo permanecer otimista. — Se este fosse o primeiro lago que estivéssemos vendo hoje, acho que não pareceria tão deplorável.

— Sério?

— É. O problema é a comparação.

— Acho que eu sentiria a mesma coisa.

— Mesmo que não tivéssemos visto os outros dois?

— Mas nós vimos os outros dois.

— Vimos.

Aquele não era pequeno, mas também não era enorme; mais ou menos metade do tamanho do primeiro lago e dois terços do segundo. Havia menos árvores na margem e eles viam onde as montanhas deslizavam friamente para dentro da água. Estavam remando na direção delas.

Inexploradas.

A palavra pareceu flutuar para fora da água e cair molhada dentro da mente de Amelia.

— Você ainda está com fome? — perguntou James. — Nós não chegamos a terminar o almoço.

Amelia achou a pergunta dissonante, inoportuna. Mas por quê?

Porque vocês estavam almoçando no segundo lago. Este é o terceiro lago. As coisas são diferentes aqui.

Ela olhou por cima da beirada da canoa. Um peixe flutuava de lado, trinta centímetros abaixo da superfície.

Morto, pensou Amelia.

Mas parecia que o peixe estava olhando para cima, para ela.

— Estou bem — disse ela, mas o peixe a assustava.

Será que tinha algo de errado com a água? Peixes mortos em um lago era natural, é claro. A questão era mais o olhar do peixe, como se eles realmente tivessem feito contato visual, peixe e garota.

— Estou sempre com fome — falou James. — Quando era criança, eu costumava comer dois... *puta merda!*

Amelia olhou rápido para James. Ela estava pensando no peixe quando ele gritou. Será que ele estava gritando por causa do peixe?

— O que foi? — perguntou ela, assustada. — O que foi?

Ele tirou o remo da água e Amelia fez a mesma coisa.

James estava olhando fixamente para a superfície do lago, de olhos arregalados, arregalados demais.

Amelia olhou.

Também viu.

Um telhado.

— Ai, meu Deus — disse ela. — Ai, meu *Deus*.

Eles passaram à deriva do telhado, por cima dele, um passarinho pequeno em seu céu, um minúsculo avião para dois.

— Aquilo era uma... — começou James, mas não conseguiu terminar.

— Era — respondeu Amelia. — Aquilo era uma *casa*.

Era verdade, então, os dois tinham visto. Uma casa. Submersa. Um telhado abaixo da superfície. E, ainda assim, era tão escuro lá embaixo...

James foi quem se recompôs primeiro. Ele enfiou o remo dentro d'água e começou a remar na direção oposta, guiando a canoa de ré. Amelia fez a mesma coisa.

Então ficaram à deriva.

Por cima da casa de novo.

A casa.

Debaixo d'água.

Sem falar nada, eles agarraram ao mesmo tempo a borda da canoa, as pontas dos dedos tocando a tinta lascada. A luz do sol sapateava pela superfície, uma cortina cintilante, uma recepção de boas-vindas, uma revelação.

Mas não muito grande.

— Ai, meu Deus — repetiu Amelia.

Era tudo o que ela conseguia pensar em dizer.

— É enorme — observou James.

Se o telhado servia de indicação, então a casa era grande.

Debaixo deles.

Debaixo d'água.

Eles se entreolharam e houve uma declaração tácita de que iriam verificar. Iriam entrar na água. Nenhum adolescente de dezessete anos que se prezasse podia remar para longe *daquilo* em um primeiro encontro.

Mas, antes, por um ou dois minutos... eles ficaram só olhando.

8

— Temos uma escada — falou James, soltando-a dos coletes salva-vidas e das toalhas no chão da canoa.

— Para podermos voltar — completou Amelia. Não tinha sido uma pergunta. Era ela aceitando o rumo que a tarde havia tomado.

O telhado encrespou com ondas invisíveis, ondulações abaixo da superfície.

Amelia começou a rir. O que mais se podia fazer? A menos que o telhado estivesse flutuando, só podia ter uma casa debaixo dele. James se juntou a ela na risada.

O que mais se podia fazer?

— É uma *casa*, porra! — exclamou ela.

Então deu um gritinho porque estava em um primeiro encontro e eles haviam descoberto uma coisa doida o suficiente para chamar de mágica.

James passou a escada por cima da borda da canoa. Quando os degraus bateram na tinta descascada, ele sentiu uma pontada de culpa. Tio Bob. Será que ele conhecia aquele telhado?

Ainda sorrindo, sentindo a emoção da descoberta, Amelia olhou para a entrada do túnel. Metade de um buraco visto de onde estava. Parecia um desenho. Como se alguém o tivesse pintado em um declive nas montanhas.

Não é uma entrada de verdade, pensou ela. *É uma parede sólida.* Afastou o pensamento bobo, mas não conseguiu afastar um mais verdadeiro: *O túnel torna a fuga mais lenta.*

Ela olhou de volta para o telhado submerso. James balançava lentamente a cabeça de um lado para outro. Ele olhou para ela e os dois deram risadas despreocupadas, igual a quando algo extraordinário nos faz rir. Não era engraçado. Era impossível.

— Muito bem — falou James, agarrando a escada de corda.

— Quem vai primeiro?

O degrau individual parecia um graveto nas mãos dele. Amelia vislumbrou a escada irrompendo em chamas. Então também não haveria uma forma fácil de voltar para a canoa.

Mas que pensamentos sombrios desnecessários.

— Eu vou — disse ela. Nada de desânimo naquele dia.

James ficou surpreso.

— Sério? Não seria melhor eu ir?

— Por quê?

— Sei lá. Tudo bem. Você vai primeiro.

— Não. Você primeiro.

— Não, não. Sério.

— Acho que preciso de um minuto para me acostumar com a ideia — falou Amelia. Ela estava entusiasmada, mas também com medo. Havia mais do que um clima de "a ponta do iceberg" em relação ao telhado. Vai saber o tamanho e a extensão do que havia debaixo dele? — Mas *nós dois* definitivamente temos que ir.

— Fico muito feliz por você dizer isso — respondeu James.

— Também podíamos sair remando e fingir que isso nunca aconteceu.

— Podíamos?

— Bem, eu...

Não, pensou ele, fitando os olhos brilhantes dela. Naquele exato momento ela lhe pareceu muito seca.

James percorreu a margem com o olhar. Não havia sinal de vida. Nenhum velho zangado para gritar com eles. Nenhum morador à vista para contar ao tio Bob o que ele e a menina andaram aprontando. James tinha a impressão de que estavam no meio de um quarto silencioso. Um quarto deles.

Ele verificou a superfície da água. Estava procurando tartarugas-mordedoras. Cobras. As bolhas de algum ser respirando ali embaixo.

Que rumo horrível o encontro tomaria se James mergulhasse e fosse mordido por uma jararaca. Mas quanto mais tempo ele ficava olhando para a superfície, mais o telhado encrespado parecia uma pintura. Óleos. Como se mergulhar dentro *daquilo*, dentro daquela falsa realidade, fosse se revelar muito pior do que qualquer coisa que uma cobra pudesse fazer.

— Amelia — chamou ele, e descobriu que gostava de dizer o nome dela. *Amelia.*

Ela estava olhando para James, esperando que ele dissesse o que quer que fosse dizer. O corpo dela parecia macio e puro em contraste com o vermelho da sua roupa de banho. De repente ele sentiu como se não tivesse olhado o suficiente para ela. Para seu corpo. As curvas, os declives, a pele.

— Como você acha que ela foi parar lá embaixo? — perguntou James.

— A casinha de bonecas de Deus.

— O quê?

— Sei lá.

— Você acabou de inventar isso?

— Aham.

— Parece o título de um filme.

— Ha-ha. Obrigada.

— Acho que foi construída lá embaixo.

— Provavelmente não.

— Só pode ter sido.

— Acho que não. Acho que ela quebrou o gelo.

— Gelo?

— É. Alguém tentou transportá-la por cima do lago.

— Uau. Isso é interessante. Mas esses lagos nunca congelam.
— Bem, está vendo? Alguém devia tê-los avisado disso.

James sorriu.

A canoa havia mudado de posição e o telhado submerso estava mais perto da parte de trás. De joelhos, James usou o remo para levá-los de volta para onde estavam. Amelia pensou de novo na advertência do tio Bob sobre virar.

— Você está com medo? — perguntou ela.
— Hum...
— Seja sincero.
— Sempre sou sincero.
— É mesmo?
— Bem... sou.
— E está com medo?

Ela estava sorrindo. O sorriso de sobrancelhas arqueadas que amigos dão uns aos outros antes de entrarem na casa dos horrores do parque de diversões ou de darem *play* em um filme extremamente assustador.

Preparados ou não... aqui vamos nós.

— Sim, claro. Mas não o suficiente para não fazer.
— Ok. Digo o mesmo.

E o que havia para se ter medo? Na verdade, depois de ter falado, Amelia quase não sentiu mais medo. Era uma casa submersa, pelo amor de Deus. Era *irado*, isso sim.

Ainda assim, olhando para ela, para a casa, as telhas pareciam se mexer uniformemente, como se não fosse a superfície da água que criava a ilusão, mas algo *embaixo* do telhado, rolando por seu comprimento. Peixes, talvez. Ou camundongos. Conforme o telhado se inclinava, as beiradas desapareciam nas sombras escuras. Amelia não estava insegura apenas em relação ao tamanho da casa: ela nem sequer tinha certeza quanto ao tamanho do *telhado*. Aquelas mesmas sombras continuavam, se fundindo com a escuridão do restante do lago. Ela olhou para cima, para fora, por toda a extensão do lago, e percebeu que na verdade ele era bem grande. Quando se imaginava entrando na água, seu pequeno corpo sendo engolido por ela, o lago parecia muito maior.

— Será que tem alguma coisa lá dentro que pode nos morder?
— Na casa?
— Não. Na água.
— Não faço ideia. Essa é uma resposta ruim, eu sei. Se um de nós dois deveria saber, sou eu. Mas... não sei.
— Tudo bem. Provavelmente não. É só um lago. Não é o mar.
— Certo.
— Ok.
— Ok. Lá vamos nós, então.

Ele se levantou de repente, e o coração de Amelia acelerou como se houvesse um coelho pulando em seu peito.

Lá vamos nós, então.

— Vai ser incrível — disse ela, tentando passar um pouco de confiança para ele.

James sorriu para ela. Ele estava ficando de pé. Equilibrando-se. Quando tirou a camisa, Amelia percebeu que o torso dele parecia macio. Seus braços brancos brilhavam em contraste com o pano de fundo azul-escuro do lago.

Então ele mergulhou.

Amelia agarrou as laterais da canoa balançando e olhou por cima da beirada.

Conforme ele afundava, as marolas formavam uma parede nebulosa de espuma branca e bolhas. Durante três segundos Amelia não conseguiu vê-lo.

O lago o engoliu, pensou ela.

Até que James emergiu, o cabelo molhado grudado na cabeça.

— Nossa — disse ele, os dentes batendo. — Está fria pra cacete.

Amelia não quis dizer que ele parecia bem pequeno boiando ali na superfície com o enorme telhado assomando logo abaixo. Ela não queria lhe contar que ele acrescentava escala à visão.

— Por quanto tempo você consegue prender a respiração? — perguntou ela.

— Sei lá. Por quanto tempo alguém consegue prender a respiração?

— Um ou dois minutos, eu acho.

James enfiou a cabeça debaixo d'água.

Ele olhou para ela. Olhou para a casa.

Subiu de novo.

— Uau — falou. — Isto é uma casa.

— É mesmo.

Eles ficaram se encarando, James dentro d'água, Amelia na borda da canoa verde. Algo passou entre eles. Algo não dito. Tipo *tome cuidado*. Como se ambos tivessem dito isso um para o outro. Tome cuidado agora, sim, mas vamos tomar cuidado com tudo o que acontecer em seguida também.

James respirou fundo.

E afundou.

9

Turva, pensou James, nadando para baixo, o cabelo flutuando acima da cabeça feito pequenas algas marinhas. Ele ainda não conseguia enxergar muita coisa. Só o telhado que dava a impressão de desaparecer nas bordas e se enfiar na escuridão das profundezas.

Nadou até lá.

Muito acima dele, fora do seu campo de visão, uma nuvem saiu da frente do sol e um pouco de luz coroou o lago, esquentando Amelia e revelando a James uma parte da casa. Mais do que cortinas se abrindo, aquilo pareceu a mão de um mágico acenando para revelar uma janela até então escondida.

James olhou para o vidro logo abaixo e sentiu a vertigem de estar muito alto, como se estivesse olhando de cima para o pátio de um shopping ou como se fosse a pausa antes da queda do Demon Drop em Cedar Point. De que tamanho era a casa? Quantos andares?

Ele nadou na direção do vidro. Mais detalhes surgiram.

Tapume. Tijolo. Um parapeito.

A lanterna estava amarrada à faixa de elástico do seu calção de banho. Contornando a lateral da casa e encostando os dedos dos pés nos tijolos para se apoiar, ele desamarrou a lanterna e a aproximou do vidro. Pressionou o nariz na janela.

Espaço, pensou. Como se a palavra fizesse as vezes de várias outras. *Cômodo. Quarto. O Desconhecido.*

Estava escuro demais para ver alguma coisa e na verdade a lanterna só refletia com força no vidro, formando um segundo círculo brilhante na janela.

Ele deu impulso e nadou mais para o fundo.

Outra janela, no andar debaixo da primeira.

Dois andares. Uma casa de dois andares no fundo do lago.

Ele olhou para cima, esperando ver o rosto de Amelia através da superfície. Mas tudo acima eram borrões incompreensíveis. Cores fortes e sólidas se encrespando. Por um instante teve a impressão de que a estava vendo, de que estava vendo alguém, uma cabeça gigantesca, tão grande quanto a extensão do lago, olhando para ele dentro da água. Mas depois a impressão passou e James não conseguiu mais distinguir nada lá em cima.

Sem saber que estava chegando, ele alcançou o fundo do lago e sentiu os pés afundarem em uma lama grossa e macia. Estava de pé ao lado da casa, por mais impossível que parecesse. Ele esticou o braço para dentro da escuridão, para dentro do negrume, e espalmou a mão nos tijolos.

Era real. Não havia dúvidas.

Um fluxo de água fria passou pelas costas dele e o abraçou, levando a ponta dos seus dedos para cima do vidro.

Outra janela. Uma do primeiro andar. James a iluminou.

Escuridão. Não dava para ver nada lá dentro.

Ele teve a súbita visão de alguém conversando com Amelia lá em cima. Dizendo a ela que tinham que ir embora. Explicando a casa, resolvendo o mistério, solucionando toda a questão.

Um oficial da guarda marítima, talvez. Um pescador.

Como assim vocês ficaram curiosos, senhorita? O que pode ter despertado a curiosidade? Há uma casa de dois andares no fundo de todos os lagos dos Estados Unidos! SAIAM DAQUI!

Mas não havia uma casa de dois andares no fundo de todos os lagos. Por mais que essa ideia subitamente o reconfortasse.

Ele colocou as mãos em concha e as encostou no vidro.

Nada. Não dava para distinguir nada. Parecia o contorno de alguns móveis. Mas isso era impossível.

Não era?

Começando a sentir a pressão de prender a respiração por tempo demais, James direcionou a luz para cima, absorvendo pela primeira vez toda a extensão da casa.

Uma casa grande. Maior do que qualquer uma em que James já morara.

De repente, ele imaginou Amelia deitada na cama de um quarto no segundo andar. Imaginou nadar até o vidro, andar do lado de fora, bater na janela e acordá-la.

Posso entrar?

Então pensou em colchões encharcados. No tecido prestes a arrebentar com espinhas de peixe e imundície.

Ele direcionou o feixe de luz para a esquerda, viu o contorno da casa e soube que, se havia uma porta — *claro que havia uma porta, é uma CASA, James* —, era depois daquela esquina.

Seus pulmões lhe advertiram para subir. Para dar uma olhada em Amelia.

Em vez disso, ele andou como um astronauta na direção da esquina de tijolos da casa.

Um pensamento lhe ocorreu de forma muito natural: se a porta da frente estivesse aberta, por que não entrar?

Na esquina da casa (*da casa!*), ele olhou por cima do ombro para a escuridão, para o restante do lago.

Não havia a sensação de ser observado, não exatamente, era algo muito menos objetivo do que isso. Como se a escuridão fosse um olho cego apontado em sua direção, capaz de observar aquele pequeno adolescente na base da casa, sem cérebro para transmitir a notícia.

Observado, não. Mas visto.

James dobrou a esquina, iluminando à frente, e viu outra janela. Algo que qualquer um veria se passasse diante da casa.

Com o peito contraído e a cabeça começando a latejar, James continuou, passando por um jardim de algas marinhas abaixo do parapeito. A lama estava ficando mais macia e ele iluminou os próprios pés. As sombras das algas tremulando o enganaram, fazendo-o pensar que estava vendo dedos retrocederem para dentro das dobras.

James pisou em algo muito mais duro do que o fundo pastoso do lago.

Era um único degrau de pedra. Talvez houvesse outros enterrados.

James olhou para cima.

Para a porta da frente da casa.

Ele arfou, se é que uma coisa dessas podia ser feita debaixo d'água, e a bolha que escapou da sua boca talvez fosse o último fôlego que ele tinha.

A porta da frente não estava inteira. Havia apenas *metade*; a metade esquerda, ainda presa pelas dobradiças, balançando com as ondas invisíveis, com as pulsações que Amelia não sentia lá de cima. Não havia a metade direita da porta e James achou que a madeira havia sido intencionalmente substituída por escuridão.

Venha, tudo parecia dizer, inclusive a metade esquerda balançando. *Entre.*

James ameaçou se mover, ameaçou entrar.

Mas parou.

Precisava respirar. Precisava respirar *imediatamente*.

Usando o degrau cheio de musgo e escorregadio como trampolim, ele dobrou os joelhos e deu impulso para cima.

Enquanto cortava a água, teve uma visão horrível de si mesmo morrendo a caminho da superfície; um cadáver quando finalmente irrompesse para fora d'água, Amelia gritando conforme um James apodrecido e descamado balançava na água a menos de meio metro da canoa verde.

Ele fechou os olhos. Quase *sentiu* a mudança ocorrendo, de vida para morte. Morrer enquanto se movia. O enrugamento acelerado da sua pele. O encolhimento dos pulmões, da bexiga, do coração.

Foi então que realmente sentiu alguma coisa.

Algo como fios grossos de macarrão ao longo de toda a lateral do seu corpo, do peito aos dedos dos pés.

Parecido com cabelo.

Ainda subindo, James abriu os olhos e viu que estava passando pelo quadrado escuro de uma janela do andar superior, no exato momento em que outra nuvem tapou o sol e qualquer visibilidade extra foi restringida.

Quando irrompeu pela superfície, puxou o ar demoradamente e viu que a canoa estava muito mais longe do que ele pensava.

Amelia estava sentada no meio dela, olhando para ele em silêncio. *Um bibelô*, pensou James, *feita para parecer desesperadamente investigativa.*

— Precisamos de equipamento de mergulho — gritou ele, nadando na direção dela.

— O quê?

— Equipamento de mergulho. Precisamos fazer aulas.

— Por quê?

— Porque vamos descer lá de novo — falou James. — E vamos querer ficar lá embaixo por mais tempo do que conseguimos prender a respiração.

— Vamos?

— A porta da frente está aberta. Só tem meia porta. É difícil explicar. — Ele alcançou a canoa e se segurou com força na escada. Estava ofegante. — É um pouco assustador. Mas, cara... é sensacional.

Amelia ficou arrepiada.

A porta da frente está aberta.

James subiu a escada.

— Vai lá — disse ele, tirando a lanterna da cintura e jogando-a para ela. — Veja com os próprios olhos.

10

Só tem meia porta. É difícil explicar.
Mas isso basicamente explicava tudo.
Amelia não gostava nem um pouco de estar lá embaixo. Não gostava do mundo de escuridão aberta atrás de si (*como se um louco falando coisas sem sentido tivesse plantado a casa para atrair você e James, uma cenoura para dois adolescentes burros, um louco que de repente vai irromper da escuridão, sua baba flutuando para cima para envolver a canoa, enquanto ele os agarra pelo cabelo e os arrasta para dentro da casa, da casa DELE, Amelia*), nem da metade aberta da porta, nem da forma como ela podia nadar para dentro sem absolutamente nenhuma resistência.

Era impossível não imaginar que havia algo morando lá dentro; uma criatura aquosa, não descoberta, não listada, aninhando-se.

Isso é maluquice, pensou ela.

Mas não era divertido também? Não era a coisa mais emocionante que ela já tinha visto?

Sabendo que seu tempo debaixo d'água era curto, ela havia nadado direto para a porta que James tinha mencionado. Não parou em nenhuma janela, não tentou olhar lá dentro. Então, de pé no degrau de pedra, com corrimãos (*corrimãos!*) de cada lado da pequena varanda também de pedra, Amelia tinha mais ar sobrando do que James quando chegara ao mesmo lugar.

Iluminando os quatro lados retangulares da metade da porta, como se para, de alguma forma, criar simbolicamente uma passagem *através* da luz, Amelia não hesitou em entrar na casa. Com medo ou não, era emocionante.

Com os dedos dos pés descalços, ela tomou impulso do degrau de pedra e nadou casa adentro.

Ao usar os braços numa tentativa de nadar de peito, a lanterna lhe mostrou a soleira da porta, um pedaço de parede e então mais nada, já que a luz estava atrás dela. Pensou por um instante que não era diferente de entrar em uma casa abandonada à margem da Chauncey Road. Ela já fizera isso com uma amiga íntima chamada Marla. Tiraram fotos, acreditando que estavam capturando a verdadeira essência da vida e de como viver.

O vazio.

Mas quando levou os braços para a frente de novo, querendo se impulsionar mais para dentro da casa, a luz lhe mostrou uma coisa que a levou a fazer algo que nunca tinha feito.

Amelia gritou debaixo d'água.

Era um cabide de casacos, nada mais, e não havia nenhum casaco pendurado para fazê-la pensar que vira uma pessoa. Ainda assim...

Ela sabia que aquele não era o lugar do objeto. Com certeza o cabideiro não pertencia àquele lugar da forma como estava, de pé, ereto, como se ignorasse os milhares de litros de água e ondas envolvendo-o.

Não está balançando, pensou ela, iluminando o chão onde a base do cabideiro estava presa com firmeza nas tábuas de madeira. *Não está balançando, nem flutuando, nem mesmo inclinado.*

Ali era o hall, isso estava claro. Ao lado do cabideiro havia uma mesinha, onde alguém talvez colocasse as chaves quando voltava do centro da cidade.

Havia até um pote de vidro na mesa. *O lugar exato para colocar as chaves*, pensou Amelia.

Seus pulmões pareciam comprimidos pela falta de ar.

Por que o pote não está flutuando?, ela queria saber. *Por que não está tudo flutuando?*

Iluminou a metade da porta atrás de si, absurdamente apavorada com a possibilidade de ver um rosto ali, o dono da casa, um homem de sobretudo, talvez, de pé no degrau cheio de musgo.

Quem deixou você entrar?

Ela nadou trinta centímetros mais para dentro do hall e viu que a mesa não era tão pequena assim. Estava mais para um aparador; uma linda peça de marcenaria vitoriana que não parecia encharcada, muito menos estragada por estar no fundo do lago. Na verdade, Amelia achou que parecia usável ao passar os dedos pela superfície do tampo e depois pela borda do pote de vidro.

Como ela não esperava encontrar nada naquela casa, nada além de peixes e madeira apodrecida, a realidade de tocar o vidro a confundiu. De certa forma, o contato removeu qualquer manto de mágica.

Isso é impossível, pensou ela. *Tudo isso. IMPOSSÍVEL.*

Ela olhou para o teto, esperando ver um amontoado de coisas inúteis, pedras pequenas ou peixes mortos obedecendo às leis da física, encostados no gesso.

Mas não tinha nada no teto.

Quer dizer, *quase* nada.

Havia uma lâmpada.

Ela iluminou à sua frente. Um corredor. Do hall para o resto da casa.

Apesar do fato de que ela precisava respirar logo, Amelia atravessou o hall. Seu corpo quase todo exposto estava muito frio e esfriava ainda mais conforme ela avançava. Amelia queria muito ver mais uma coisa antes de ir embora. Mais uma verificação antes de nadar até a canoa.

Antes que chegasse a qualquer cômodo maior, a luz lhe mostrou um espelho na parede do corredor.

Não se olhe nele.

Foi o primeiro pensamento que lhe veio à mente. Igual a como ela dizia a si mesma para não olhar no espelho em casa quando achava que estava com uma aparência horrível.

Igual, mas não exatamente igual.

Não se olhe nele.

É claro que o espaço (*a casa inteira, o lago também*) em volta do seu feixe de luz era tão escuro quanto um sepultamento. E os objetos que eram revelados pela luz se encrespavam de forma estranha. Ainda assim, um espelho submerso em uma casa totalmente escura poderia ter sido uma má ideia.

Mas Amelia não conseguiu resistir.

Bolhas saíram de entre seus lábios conforme ela arfava em silêncio, vendo seu rosto no vidro.

Medusa.

Mas não Medusa. Apenas *Amelia*. Não uma Górgona enrugada e grisalha que transformava os outros em pedra, e sim a representação distorcida de uma menina, a pele tão pálida quanto as cortinas de um necrotério, seu cabelo flutuando feito algas marinhas (*cobras*) acima do rosto assustado, mas curioso. Olhar-se no espelho era uma tarefa tão comum que ela havia esperado instintivamente ver seu rosto de sempre. Mas essa garota, *ela*, essa Amelia tinha a pele encrespada, bochechas um centímetro e meio mais altas do que o normal. Lábios curvados para cima nos cantos em um sorriso falso.

Até seus olhos pareciam diferentes. Desfocados. Como se Amelia fosse cúmplice da única visão que ninguém queria ver: o espelho mostrava sua aparência quando ela estivesse morta.

Encontrada morta.

Um dia.

Encontrada afogada.

Afogada.

Amelia precisava voltar lá para cima. Precisava pegar ar.

Ela iluminou mais uma vez o interior da casa. Um par de bolhas idênticas saiu de suas narinas.

Ela nadou para longe do espelho, de volta para o hall, na direção da meia porta da frente.

Você não vai conseguir e James vai chamar a polícia e vão encontrá-la flutuando aqui embaixo. Flutuando, não... Talvez eles a encontrem no chão, como aquele cabideiro, desobedecendo às leis de um lago.

Ela atravessou a soleira da porta e tentou não pensar em qual seria a sensação de se afogar. Seria aquela? Eram os primeiros estágios? Os últimos momentos antes de uma pessoa entender que não conseguiria voltar à superfície?

Será que ela ia ver estrelas antes? Será que apagaria antes ou depois de a dor se tornar insuportável?

James. Nade na direção de James.

Amelia saiu da casa e pensou tolamente em voltar para fechar a porta, como se tivesse sido mal-educada por deixá-la aberta. Mas não havia porta para fechar e seus braços e pernas já estavam impulsionando o restante do corpo para cima. Para cima.

Para cima?

Ela não conseguia ver a superfície e por um segundo bizarro achou que estava nadando para baixo.

Estava começando a acreditar que ia morrer.

A curiosidade matou o gato e a garota enxerida de dezessete anos.

James confundiria seu corpo flutuando com um corpo vivo. Ia achar que ela estava brincando.

Primeiros encontros. E para quem ele ia contar sobre *este* encontro? Como ele havia contado a Amelia sobre a garota que quebrara o braço jogando boliche, quem iria ouvir sobre a garota que mergulhara e saíra da água um cadáver inchado e cheio de veias?

Mas a morte ainda não havia acontecido.

Nenhum desmaio. Nenhuma estrela.

Ela nadou com mais força, impulsionando-se para cima, como se a água tivesse degraus.

A última coisa que viu antes de irromper na superfície foi a janela do segundo andar parcialmente sombreada pelo telhado.

Tem uma cômoda ali em cima?, questionou ela, por mais absurdo que fosse, perto demais de desmaiar. *Uma mesinha de cabeceira e um guarda-roupa também?*

Então ela rompeu a superfície e todas as suas imaginações terríveis se dissiparam no ar que ela inspirou desesperadamente.

Parte horror, parte triunfo, o som ecoou pelo terceiro lago e fez James gelar.

— Ei! — gritou ele, agarrando a lateral da canoa. — Puta merda! Você está bem?

Amelia limpou a meleca do nariz e da boca.

— Precisamos de equipamento de mergulho — afirmou ela.

— É, foi o que eu...

— Ela é mobiliada, James.

Eles se entreolharam. James na canoa. Amelia a um metro e meio da escada.

— É o quê?

— É mobiliada.

11

Amelia não percebeu como o terceiro lago a fazia se sentir claustrofóbica até estarem prontos para sair de lá. Foi nesse momento que a palavra a atingiu como um tapa.

Claustrofóbica.

Tinha medo de que a canoa não se espremesse para fora do jeito que fora para dentro. Medo de que ficassem presos ali, no terceiro lago, com a casa, para sempre.

Era bobagem, é claro. Eles poderiam nadar pelo túnel, andar pela margem, havia uma dúzia de modos diferentes de sair dali. Ainda assim, ela sentiu.

Pânico.

Mas a canoa conseguiu sair do mesmo jeito que havia entrado. Só que agora havia ainda mais lascas de tinta na água e um amassado maior na canoa.

— Tio Bob tem uma boa mangueira comprida — disse James enquanto finalmente se aproximavam da margem formada pela pequena extensão de areia que era a praiazinha do tio Bob.

— Nós sempre voltamos para as mangueiras — disse Amelia.

— É mesmo. Será que é nosso espírito animal?

Mas Amelia pensou no peixe morto flutuando trinta centímetros abaixo da superfície do terceiro lago.

James pulou da canoa.

— Não vai funcionar — falou Amelia. — A mangueira.

— Não vai?
— Não. Eu já tentei. Não funciona como canudo.

James parecia pensativo. Ele observou o primeiro lago, mas Amelia sabia que na verdade ele estava olhando mais longe que isso.

— Seu tio tem cilindro de mergulho?
— Talvez.
— Você sabe usar?
— Não. — Ele ficou pensativo de novo. — Meu primo tem equipamento para fazer snorkel.
— Serve.
— Vou pegar com ele hoje à noite.

Sílabas cortadas. Frases curtas. Amelia sabia por quê.
Eles estavam planejando voltar ao terceiro lago.
Sem precisar discutir a ideia, eles iriam voltar.
Isso significava alguma coisa.

— Amanhã, então — falou James.
— Aham. Espere... não. Eu trabalho amanhã.
— A que horas?
— Durante o dia.
— Onde você trabalha?
— No Mercado da Darlene.
— É mesmo?
— É.
— Maneiro.
— É.
— Está bem.
— Depois de amanhã, então — disse Amelia.

James assentiu.

— Está bem.

Eles olharam nos olhos um do outro. Uma mensagem silenciosa foi transmitida. Tinham recebido uma amostra, visto um hall, um corredor com espelho, e queriam mais.

Você voltaria com ou sem ela, pensou James. Mas foi um pensamento desagradável.

Eles assentiram ao mesmo tempo, fingindo concordar com um segundo encontro dali a dois dias. Mas na verdade ambos estavam dizendo sim, sim, eu voltaria sozinho.

Voltaria neste segundo se pudesse.

12

O Mercado da Darlene tinha doze corredores com tudo o que uma família podia precisar. *De comida a papel higiênico*, era o que Marcy, a colega de trabalho de Amelia, gostava de dizer. *Cuidamos dos dois lados.* E era verdade. De todos os lados, na realidade. Incluindo os pés de pato, snorkels e máscaras que enchiam o pequeno, mas popular, corredor aquático.

Ao trabalhar no dia seguinte, Amelia passou por aqueles trajes de banho e boias de braço e pensou inúmeras vezes na casa.

O que era aquilo?

Especificamente, pensou no cabideiro e no pote de vidro, que não deviam ficar parados em um ambiente como aquele. E quanto mais ela pensava a respeito, mais o estado impecável das paredes de madeira a incomodava também, mais o fio reto pendurado da lâmpada no hall a confundia.

O que era aquilo?

Essas quatro palavras faziam mais barulho do que as cinco mais óbvias:

Por que ela estava ali?

Ela estocou prateleiras com toalhas de papel e cereal e ajudou Marcy a cancelar uma encomenda. Conversou brevemente com os entregadores da Saxon Foods sobre as maçãs, afinal algumas estavam ruins, e um deles pediu que ela lhe fizesse um favor e não comentasse nada sobre o estado das frutas. Estavam boas quando eles saíram da Saxon, disse ele, portanto devia ter passado rápido demais por um quebra-molas. O chefe ia ficar bravo. Amelia inspecionou as maçãs, achou que estavam boas o bastante e disse que seria o segredinho deles. *Nosso segredinho.*

Mas uma casa mobiliada no fundo de um lago não era segredinho de ninguém. *Alguém* tinha que saber.

Quem?

Ela empacotou compras, tomou cuidado com os ovos e jogou conversa fora com os clientes de sempre. Passou duas vezes diante do espelho da sala dos funcionários e em ambas notou seu reflexo. Ela varreu corredores. Alinhou os rótulos nas latas de sopa para que os clientes pudessem ler os sabores. Ainda assim, apesar de todas essas distrações, *alguém* tinha que saber sobre a casa.

Quase teve a sensação de que estava sendo observada. Observada no trabalho. Espiões no estacionamento do mercado à sua espera para perguntar se ela havia tocado em alguma coisa lá embaixo, preparados para revistar seu carro atrás de áreas molhadas.

Observada. Mas não exatamente. Estava sendo *vista.*

Tio Bob?

Será que ele sabia? Amelia achava que ele tinha que saber. Como alguém poderia ter uma casa no primeiro lago e nunca ter pensado em dar uma olhada no túnel pichado no segundo? E nunca ter passado por cima da casa que James e Amelia tinham visto em sua *primeiríssima* volta com a canoa?

Estava coberto pelo mato, lembrou Amelia a si mesma. Isso meio que dificultava ver o túnel. As pichações em cores berrantes. Os desenhos de pintos e peitos.

Amelia queria perguntar pessoalmente a Bob. Talvez James já tivesse feito isso. De pé sozinha no caixa dois, ela conferiu o telefone para ver se tinha mensagens. Não havia nenhuma.

Nenhum *Bob sabe* nem *Bob disse que é o cenário de um filme* nem absolutamente nada vindo de James.

Então... será que James *tinha* falado com o tio sobre o assunto? E por que essa possibilidade a fazia se sentir tão... *mal* por dentro?

O que era aquilo?

Marcy terminou de empacotar as carnes de um cliente no caixa um e continuou a "conversa perpétua", que é a mania que alguns colegas de trabalho tinham de continuar uma história exatamente de onde pararam, mesmo que isso tivesse sido há dois dias.

— Então *Tommy* acha que é seguro — disse ela, piscando.

Amelia não tinha certeza de quem era Tommy ou do que era seguro. Ela piscou de volta.

Pensou na casa.

Na cabeça dela, a meia porta estava balançando de leve com as ondas invisíveis. Na sua visão, o sol devia ter estado diretamente acima do lago, porque Amelia viu detalhes na madeira daquela porta que não tinha visto ao vivo no dia anterior. E pela metade aberta e escura, ela imaginou um rosto simpático, quase imperceptível, talvez seu próprio reflexo distorcido no espelho do hall, e uma voz também.

Volte quando quiser, Amelia. Quaaaaandoooo quiiiiiiseeeeer.

— Ah, cara — falou Marcy, com metade de um dedo enfiado no nariz, e outro apontando para as portas da frente.

Amelia ergueu a cabeça.

— James?

Era ele. Indo na direção dos caixas e carregando algo saído diretamente do set de um filme de ficção científica. Ou talvez algo do fundo de um aquário.

— Oi — disse ele. — Desculpe vir atrás de você.

— Estou feliz que esteja aqui.

Alívio. Juntos outra vez. Como se a simples presença dele indicasse que os dois já estavam voltando ao terceiro lago.

— Olha — falou ele, erguendo um pouco o objeto monstruoso.

— Cilindros de oxigênio — disse Amelia.

Mas não eram cilindros de oxigênio. Era um gigantesco capacete de mergulho que vinha junto com um tubo de respiração dourado.

— É do meu primo — falou James.

— Contou a ele por que você precisava disso?

Então trocaram um olhar, um olhar cúmplice. Amelia poderia muito bem ter perguntado: *Você contou a ALGUÉM sobre isso?*

— Não. Só falei que eu queria mergulhar.

Ele não havia contado a ninguém sobre a casa, percebeu Amelia. Ela sentiu outra onda de alívio. Essa foi salpicada com um pouco de culpa, um pouco de peso na consciência. Mas por que não guardar alguma coisa para si mesma?

Por que não ter um segredo?

— Tio Bob sabia sobre o terceiro lago — disse James.

— Que bom.

— Que bom?

— Quer dizer... tipo... é claro que ele sabia. Certo?

— Certo. Mas ele disse que nunca vai lá. Não contei a ele que a gente foi. Só falei que parecia existir um terceiro lago. Ele disse que parece mais um pântano. Disse que é feio.

— Feio — repetiu Amelia.

— Por que estão com equipamento de mergulho? — perguntou Marcy, saindo de detrás do caixa um.

— Por nada — falou James.

— Por nada — repetiu Amelia.

Marcy olhou de um para o outro.

— O que há de errado com vocês dois, hein?

James sorriu para Amelia e carregou o equipamento de volta até a porta de vidro. Antes de sair, ele parou e virou-se para ficar de frente para ela.

— Vamos fazer isso — disse ele sem som, apenas mexendo os lábios.

— Vamos — sussurrou Amelia.

— Vocês dois *são* esquisitos — afirmou Marcy.

O sorriso de Amelia foi sumindo lentamente do rosto conforme James saía. Não porque ela não estivesse feliz. Não porque ela não estivesse entusiasmada por ele ter saído e arranjado equipamento. Mas porque a casa já parecia exigir uma consideração mais cuidadosa do que qualquer sorriso simples poderia suprir.

Vamos fazer isso, sim, pensou Amelia. *Mas... o que é aquela casa?*

13

Não era só o capacete e o tubo de respiração que eram dourados; o traje *inteiro* cintilava.

Naquela noite eles o experimentaram no jardim de James. Os pais do garoto estavam dormindo, então tinham que fazer silêncio. E até tentaram. Mas os dois riram, caíram e se sentiram como os primeiros homens na Lua. Também agiram como eles, fingindo colocar bandeiras na superfície do satélite natural, enfiando gravetos na terra. Era esquisito, era emocionante, era assustador.

— Uma regra — falou Amelia enquanto James tirava o capacete, expondo o rosto na luz cercada de insetos da varanda.

— Só uma?

— Nada de *como* ou *por quê*.

— Como assim?

— Não vamos perguntar como a casa foi parar lá e não vamos perguntar por que está mobiliada. Não perguntamos como ou por que funciona.

James entendeu.

— Nada de *como* ou *por quê* — concordou ele.

James estendeu a mão com luva dourada e Amelia, sorrindo, a apertou.

Com aquele contato, os dois sentiram todo o poder emocionante da descoberta que tinham feito.

Um clubinho. Se eles quisessem que fosse.

E não era só a casa. Não. Era o quarto lago no qual também estavam nadando.

Pela primeira vez na vida, eles estavam se apaixonando.

14

Sozinho debaixo d'água. Sozinho na casa.

Respirando.

Depois de dois minutos, James sentiu a pulsação acelerando e achou que era melhor subir antes que fosse tarde demais. Mas ele estava usando um capacete e não precisava fazer isso pelo mesmo motivo de dois dias antes. Podia passar mais de uma hora ali embaixo, se quisesse.

O tubo de respiração saía pela porta e subia até a canoa. Lá ficava conectado a um compressor que Amelia observava quando não estava olhando fixamente para dentro da água, para o telhado da casa.

James não estava mais preocupado com lanchas e garotas de biquíni gritando. Amelia *tinha* que estar impressionada com tudo aquilo.

Você está em uma casa debaixo d'água e só consegue pensar em Amelia.

Era verdade, então ele riu e a risada respingou no domo de vidro que o protegia.

Ele ficou de pé no hall, iluminando o corredor onde Amelia havia se olhado no espelho. Estava vendo o vidro pendurado na parede da esquerda. E, além dele, um cômodo muito maior, cujo tamanho ele nem sequer podia dimensionar.

Ao dar um passo em direção a ele, o tubo de ar ficou preso na meia porta e o puxão foi tão leve quanto um tapinha no ombro.

O traje era volumoso e as luvas transformavam seus dedos em mãos de macaco, de modo que ele não conseguia se virar tão rápido quanto gostaria. James se sentia muito lento e quadradão. Com a mão livre, girou a mangueira, fazendo-a ondular, esperando que se soltasse de qualquer protuberância que o impedia de entrar ainda mais na casa.

Deu certo.

Livre, ele se olhou no espelho ao passar e sorriu atrás do capacete de vidro.

Era a cara do amor jovial, percebeu James.

Ele viu um cômodo à frente, fragmentado, formado pelos breves trechos de luz que ele direcionava. Era uma sala de jantar. A mesa e as cadeiras lhe diziam *isso*. Mas nada lhe dizia como a mesa e as cadeiras continuavam fixas no chão do jeito que estavam.

Nem nada explicava o tapete debaixo das pernas das cadeiras. Ou as centenas de bugigangas que forravam as prateleiras de um armário de vidro encostado na parede direita.

Nada de como, pensou James. *Nada de por quê.*

Era impossível não ter a sensação de estar invadindo a casa. Se não fosse pela escuridão, a distorção e o frio, James teria se considerado sortudo por não ter dado de cara com quem quer que fosse o dono.

Ele andou feito um astronauta na direção da sala de jantar e ficou preso outra vez.

— Droga.

Ele se virou e ondulou o tubo. O movimento percorreu em câmera lenta o comprimento da mangueira, desaparecendo pelo retângulo escuro da meia porta, para dentro do jardim lamacento e além dele.

Aí a ondulação voltou.

Na direção dele.

Como se James estivesse do lado de fora da casa e a mangueira estivesse ali, presa onde ele estava.

James apontou a lanterna para a porta, traçando o vão retangular. Partículas de lama e peixinhos passaram pela luz, mas logo desapareceram na escuridão.

Ele esperou um segundo puxão vindo de fora da casa. Outra ondulação.

Você está ofegante demais, cara.

Mas não era possível. A não ser que alguém a tivesse sacudido.

Ele pensou em Amelia lá em cima.

Será que ela havia lhe mandado a ondulação pelo tubo de ar? Só podia ser. Mas será que ela estava tentando lhe dizer alguma coisa?

Tem alguém lá em cima, pensou ele. *Alguém dizendo a ela para tirar o namorado da água e ir para casa. AGORA mesmo.*

James andou pesadamente até a porta da frente. Olhando por cima da soleira, confirmou que o tubo estava preso em um dos corrimãos da varanda.

Ele pegou o tubo entre o indicador e o polegar enluvados.

Você acabou de se chamar de namorado dela?

A mangueira se soltou do corrimão e James enrolou com facilidade a sobra. Ele entrou de novo na casa.

Queria ir mais fundo dessa vez. Mais fundo na casa. Mais fundo no lago.

Mais fundo no amor.

É mesmo amor? Isso está acontecendo?

Chegou rapidamente na sala de jantar, movendo-se com mais agilidade do que pouco antes. Apesar da escuridão à frente, da escuridão em todos os lugares, ele se sentia seguro.

Vivo.

Flutuou até a mesa da sala de jantar.

A lanterna lhe mostrou uma toalha de mesa, travessas, guardanapos dobrados e oito cadeiras de espaldar alto. Um lustre estava pendurado no teto, balançando de leve com as ondas invisíveis no fundo do lago.

Havia quadros nas paredes. Paisagens que pareciam ondular, como se algo vivesse embaixo da grama amarela.

Como?

Velas apagadas. Arandelas. Utensílios. Tudo imóvel em cima da mesa. Nas prateleiras. Nos pratos.

Como?

Um aparador de madeira sólida. Uma bandeja em cima. Sem flutuar. Sem se mexer nem um pouco.

COMO?

— Nada de como — disse James dentro do capacete. — Nada de por quê.

Amelia estava muito acima dele. Observando o compressor.

James afundou mais.

A mangueira seguiu suavemente atrás dele. Não ficou presa dessa vez.

Ele entrou ainda mais na casa.

15

Depois da sala de jantar, um escritório. Uma parede de livros. Intactos. Encadernados. Debaixo d'água. *Livros*.

James apontou a lanterna para os livros. Idiomas estrangeiros, ou talvez as letras tivessem sido danificadas pela água, afinal de contas, roubadas pouco a pouco, as três linhas que formavam um A, as três que formavam um F. Perto da estante havia uma cadeira, solidamente fixa no chão, ao lado ficava uma mesa de canto com um cinzeiro, além de uma janela. Sob a luz da lanterna, o mundo do outro lado do vidro era preto como piche, mas ainda assim James via *algo* lá fora. Algas marinhas acenando na base da janela, lama flutuando em ondas submersas, o lago pulsando.

James sentou-se na cadeira do escritório. Apoiou as mãos enluvadas no descanso dos braços.

Ele notou o papel de parede: patos minúsculos fugindo de um caçador com o rosto nas sombras.

Uma escadinha dobrável para alcançar os livros mais altos.

Uma segunda porta, atrás da cadeira do escritório.

James ficou com mais frio. Fisicamente, sim, mas também por medo. Era um pensamento assustador estar sentado no escritório de uma casa impossível no fundo de um lago. De repente parecia possível, não *provável*, que alguma coisa morta pudesse entrar flutuando pela porta pela qual ele havia passado. Algo se desfazendo em pedaços, se desmembrando, vindo na direção dele, conscientemente ou não, um ex-ser vivo à deriva.

Ele tentou pegar o cinzeiro na mesa de canto. Não se mexia.

James passou muito tempo olhando para ele, resistindo à pergunta *por quê?*.

Levantou-se e ajustou a sobra do tubo, conquistando mais seis metros de espaço para andar.

Feito um astronauta, rodeou a cadeira e abriu a segunda porta. Como ainda não tinha erguido a lanterna, como não apontava o feixe de luz para a frente, James não viu nada. Naquele momento, no único compasso de completa escuridão, ele sentiu como se estivesse entrando no vazio da morte, um verdadeiro fim, um lugar onde nunca mais seria capaz de encontrar Amelia, nunca mais encontrar calor, consolo, confiança, triunfo, razão ou amor.

Não entre neste cômodo.

Um pensamento sombrio para se ter no vão escuro de uma porta.

Mas James entrou.

Ele ergueu a lanterna e gritou, duas sílabas involuntárias atingindo o vidro do capacete.

Um rosto pálido sob a luz da lanterna. Encarando-o nos olhos.

James deu um passo para trás, batendo o cotovelo na parede.

Mas era só um quadro.

— Caramba! — exclamou.

Então riu de si mesmo e desejou que Amelia estivesse ali para ouvi-lo gritar.

Não era um rosto. Não eram olhos, afinal de contas. Duas ameixas em uma mesa branca, sendo que a beirada da mesa parecia uma boca perfeitamente rígida, sem sorrir.

Uma natureza-morta ondulante debaixo das ondas (*do telhado*).

James inclinou-se na direção do quadro, aproximando o vidro do capacete a um centímetro da tela. Achou que era uma pintura a óleo. Lembrou-se do clichê *como óleo e água*. Imaginou se isso tinha alguma coisa a ver com a razão pela qual ainda estava intacto.

Ele iluminou ao redor do cômodo, vendo detalhes como via qualquer coisa naquela casa: em pedaços. Como se tivessem deixado cair um quebra-cabeças no terceiro lago há muitos anos e agora James e Amelia estivessem ali para montá-lo.

Um sofá marrom de couro. Uma janela comprida e estreita. Portas de armários. Uma mesinha de centro. Um tapete.

— Um tapete — falou James.

Ajoelhou-se no chão e passou a luva pelas centenas de filamentos minúsculos, anêmonas-do-mar de tecido vermelho e branco.

James se deu conta de que aquela era uma casa *bonita*. A mais bonita em que já estivera.

Ele se levantou e, ao se virar, deparou com uma mesa de bilhar. As bolas estavam arrumadas em uma das extremidades. O taco estava apoiado na outra.

Jogue-me, ela parecia dizer. *Mas não pergunte como.*

James pegou um taco do suporte na parede. E fez uma pausa.

Olhando fixamente para o espaço além do outro lado da mesa, teve a sensação de que poderia ter alguém ali. Alguém com quem jogar uma partida. Como se, no momento em que atingisse as bolas, dedos invisíveis pudessem pegar o taco de suas mãos e jogar em seguida.

Ele devolveu o taco ao suporte. Segurando a sobra do tubo perto do quadril, saiu da sala.

Entrou em um novo cômodo, mas antes que pudesse reconhecer o que era, sua lanterna morreu.

Escuridão.

Sozinho com ela.

Desajeitadamente, graças às luvas de macaco, James apertou o botão ligar/desligar, ligar/desligar. Ele sacudiu a lanterna e então a bateu no quadril. O traje era volumoso demais ali, por isso ele tentou bater no outro braço. Mas era volumoso demais ali também. Ele a ergueu até o capacete, recuou a lanterna apagada e... parou.

Não quebre o capacete, cara. O que você está pensando?
Ele deixou os braços caírem ao lado do corpo. Sem luz.

Observou a escuridão à frente, sentiu o frio da escuridão atrás. Sem luz, ele podia estar em qualquer lugar da casa. No andar de cima, no de baixo. Do lado de fora. De dentro. A casa podia não existir. Ora, ele podia estar no fundo de um lago vazio. Podia estar dormindo. Podia estar acordado.

James tentou sorrir, tentou manter a calma, mas era muito difícil fazer isso no escuro.

— Oi, Amelia — disse, achando que uma conversa de mentirinha com ela podia ajudar.

Não ajudou. E ele se arrependeu de ter feito isso. Pois se sentiu ainda mais sozinho. A impressão que deu foi de que ela estava ainda mais longe. Ou que ele tivesse deixado o nome dela ali embaixo.

Como se entregasse o nome de Amelia para a escuridão.

Ele testou a lanterna de novo.

Ligar/desligar.

Funcionou.

Luz.

À frente, a menos de seis metros de onde ele estava, havia uma escadaria. Larga. Duas pessoas poderiam andar nela.

Amelia, pensou ele. *A lanterna não funcionou por um segundo e, cara, achei que fosse fazer xixi na calça.*

Uma passadeira vermelha e branca forrava a escada, moldando cada degrau.

James segurou a luz fixa no topo por muito tempo.

Ele queria subir a escada, queria ver o que o segundo andar tinha a oferecer. Mas já vira o suficiente. Por enquanto.

Saiu por onde havia entrado, sem parar para examinar nenhum item. Pela sala de estar, o escritório, a sala de jantar, o hall e a meia porta da frente.

Enquanto nadava para cima, sentiu-se mais volumoso do que nunca. A casa parecia afundar em câmera lenta ao seu lado. E quando ele irrompeu na superfície, o rosto sorridente de Amelia foi mais bem-vindo do que qualquer um que já vira.

James ficou boiando por um instante, a dois metros de distância da canoa.

— Como foi? — gritou Amelia.

De volta à canoa, ele contou a ela. E a cada detalhe o espanto de Amelia aumentava.

— Você chegou até o pé da escada?

— Cheguei.

— Então eu provavelmente deveria subir.

James fez uma pausa antes de responder:

— Claro. Se você quiser.

— Em nome da exploração — falou Amelia —, preciso ir além do que você foi, certo?

— Claro. Isso aí.

Amelia bateu palmas.

— Me ajuda a colocar o capacete.

— A lanterna ficou dando defeito — disse ele.

— Ficou?

— Aham.

Amelia a pegou da mão dele e testou.

— Está funcionando agora.

— É. Mas, sei lá, apagou por um instante.

Amelia olhou por cima da beirada para o telhado nas sombras turvas.

— Se apagar — falou ela —, eu tateio de volta.

James riu. Ele tentou se lembrar exatamente do medo que sentira, mas era difícil agora que estava em segurança.

— Tem certeza?

— Tenho.

Enquanto entrava no traje, ela pensou sobre ficar lá embaixo sozinha no escuro. Repetiu frases como *vale a pena* e *ninguém nunca fez nada importante se deixando vencer pelo medo.*

Isso ajudou.

Antes que Amelia enfiasse os braços dentro das mangas, James esticou a mão e tocou seu braço.

— Por que você fez isso?

Mas o olhar de James lhe disse que ele não sabia muito bem. Que ele vira sua pele clara e macia e quisera tocar nela. Só isso.

— Desculpe — disse ele, sentindo que começava a ficar vermelho.

— Não precisa pedir desculpa.

Amelia pensou tolamente em esticar a mão e retribuir o toque. Para fazê-lo se sentir melhor. E porque ela queria.

Então enfiou os braços nas mangas e as mãos dentro das luvas douradas enormes.

Depois que ela entrou na água, James deu um tapinha no capacete de vidro.

Ela olhou para ele, com a respiração regular, inquisitiva. James achou que ela parecia uma criança, uma menina pequena naquele traje grande.

— Cuidado com a mangueira — falou James. — Pode prender em alguma coisa. Vãos de porta. Mesas.

Amelia mostrou um polegar enluvado para ele.

E mergulhou.

James observou-a afundando para além do telhado, para dentro das sombras. Logo tornou-se apenas um tubo, uma linha fina engolida pela escuridão.

Então James viu um olho encarando-o da janela do andar de cima.

— Amelia! — berrou ele.

James se preparou para agarrar a mangueira, dar um puxão e trazê-la de volta para cima. Mas o olho se mexeu e James percebeu que era um peixe.

Só um peixe na janela de cima. Natural em um lago.

Só um peixe.

16

A lanterna ficou dando defeito.

Amelia estava no pé da escada, direcionando a luz para o alto.

Talvez devesse ter escutado James. Talvez eles devessem ter ido comprar outra.

Mas ela quisera parecer aventureira. E estava *se sentindo* aventureira. Quando ainda estava na superfície ensolarada não parecera tão ruim se a luz se apagasse lá embaixo. Escuro e frio. Era só debaixo d'água, afinal de contas. O que era o escuro além da ausência de luz? E o que era o frio além de uma temperatura? Noite de inverno. Amelia já tinha vivenciado tudo isso.

Ainda assim...

Ela estava ajoelhada, observando a passadeira que forrava a escada. A sobra da mangueira estava empilhada delicadamente ao seu lado. Amelia não sabia nada sobre danos causados pela água ou o que deveria acontecer com um tapete há muito tempo submerso, mas imaginava que não deveria ter um aspecto tão bom quanto aquele.

Parecia novo.

Mais ou menos.

De uma maneira clássica.

Ela olhou para o topo da escada, o foco de luz ainda direcionado no último degrau. Estava tudo preto lá em cima. Impenetrável. Nenhuma luz entrava pelas janelas do segundo andar.

Provavelmente era bloqueada pelo telhado. Ou talvez todas as portas estivessem fechadas lá em cima.

Todas as portas.

— Lá vamos nós — disse Amelia, falando com James exatamente como ele falara com ela. Nenhuma comunicação de verdade entre eles.

Ela se levantou e usou o corrimão para se equilibrar.

A lanterna ficou dando defeito.

Não parecia tão vergonhoso agora, tão o oposto de aventureiro ir atrás de uma lanterna melhor. O quadrado no topo da escada, que era a passagem para o segundo andar, fazia Amelia pensar no tipo de buraco que se encontrava por acaso no chão de uma floresta, e como se devia pisar bem longe dele.

Amelia subiu o primeiro degrau. O seguinte.

Andando mais rápido, ela estava na metade do caminho, pensando que James não fora tão longe, que talvez ninguém no mundo inteiro tivesse ido tão longe.

Ela subiu o degrau seguinte como um astronauta. E o próximo.

À frente, a luz não revelava muito mais do que o começo de um corredor.

— Bem, James, aqui estamos nós. Saindo. Este é nosso segundo encontro? Não. Provavelmente é o terceiro. Dois encontros debaixo d'água. Um em cima. Bom para nós. Somos loucos. — Ela subiu o próximo degrau. — Algumas pessoas vão ao cinema, outras dão uns amassos dentro do carro estacionado atrás da escola. — Mais um degrau. — Algumas se encontram para tomar café. Outras para tomar drinques. Adultos se encontram para tomar drinques. Isso acontece o tempo todo. — Mais um. — Mas nós? Nós estamos nos revezando em um lugar maluco.

Ela gostou disso. *Nos revezando em um lugar maluco.* Soava como... como amor.

A dois degraus do topo, Amelia parou.

A distância, a luz mostrava uma porta.

— Seria um momento péssimo para a lanterna parar de funcionar — disse ela.

Uma única porta. No fim de um longo corredor com painéis de madeira. Entre ela e a porta havia alguns peixes flutuando. Todos mortos.

— Eles nadam de lado. — Amelia fingiu dizer a James. — Só isso. Nadadores de lado.

Escuridão e água fria divididas pelo feixe de luz.

Ela percebeu que gostaria de ter menos sobra na mangueira. Era evidente que queria uma razão para voltar.

— Não — disse ela, balançando a cabeça dentro do capacete. — Vamos explorar.

O medo diminuiu, deixando apenas a adrenalina da exploração.

Amelia começou a andar pesada e astronautamente na direção da porta ao final do corredor na casa no fundo de um lago.

17

Não havia nenhuma outra porta ao longo do corredor e começou a parecer que Amelia estava sendo arrastada na direção da única que existia, a que ficava mais distante. Parecia que uma onda suave, mas larga, a empurrava por trás, guiando-a até lá.

Ela passou quicando lentamente por espelhos, olhando por tempo suficiente para ver as várias expressões em seu rosto atrás do capacete redondo. A lanterna refletia no vidro, a água distorcia as coisas e Amelia quase não se reconheceu.

A porta era arqueada em cima, o tipo de porta que Amelia sempre quisera no seu quarto quando era criança. Parecia em parte funcional e em parte pura ficção. O tipo de porta que pedia que as pessoas a abrissem.

Amelia colocou a mão enluvada na maçaneta e a porta se mexeu sem esforço.

— James — falou ela. — Você quer assumir o controle agora?

Ela não queria pensar essas palavras. Queria dizê-las. Porque ninguém falaria em voz alta se estivesse com medo. Se Amelia estivesse *com medo*, ela não ia querer fazer som algum, não ia querer atrair nenhum peixe enorme ou um sabe-se-lá-o-que enterrado no segundo andar de uma casa no fundo de um lago. Se Amelia estivesse *com medo*, não andaria com tanta confiança. Estaria preocupada com o tubo de ar, com a pressão dentro do capacete. Estaria suando, tremendo, desajeitada demais para guiar a mangueira ao seu lado. Estaria chorando, retrocedendo, se enroscando, sentando-se onde quer que estivesse, flutuando, deixando a água levá-la. Se Amelia estivesse com medo, não teria subido os degraus, não teria ficado parada na frente de uma porta impossível (*e aberta*) que deveria ter se desintegrado há muito tempo.

Ela engoliu em seco e com força e achou que tinha escutado um eco, o lago todo engolindo com ela.

Um movimento sutil, mas em todo lugar.

Uma respiração.

Amelia passou pelo vão da porta e entrou no cômodo no andar de cima.

— Ah!

Um vestido amarelo flutuou pelo quarto na direção dela. Flutuando horizontalmente, parecia que alguém o vestia.

Dois metros e quinze acima do chão.

Amelia se abaixou. Era uma coisa boba para fazer, afinal o vestido amarelo era levado por uma corrente invisível e subiu para o teto.

Quando você abriu a porta, provocou uma onda...

— Diga as palavras em voz alta! — exigiu de si mesma. — Você *não* está com medo!

O vestido se dobrou sozinho e subiu para um canto do quarto.

Amelia entrou ainda mais e manteve o feixe de luz no vestido, observando o tecido amarelo e os babadinhos minúsculos na beirada dos ombros. Ela imaginava a pele clara como creme em cima da qual os babados costumavam ficar, imaginava a silhueta de uma mulher bonita preenchendo o vestido, antes de tirá-lo e soltá-lo... deixando-o flutuar de seus dedos, mais para dentro do quarto escuro.

Amelia sentiu a presença de alguma coisa à sua direita e se virou depressa.

Ela levou a mão até a boca para sufocar o ar que soltou, mas seus dedos bateram no vidro e ela ficou observando um segundo vestido, vermelho, também flutuando, mas parecia de pé, como se estivesse em um cabide, suspenso, perfeitamente ereto.

Amelia deu um passo para trás e encostou na porta.

Estava fechada.

Como?

— Nada de como!

Mas sua voz estava baixa, muito baixa dentro do capacete de vidro.

Sob o feixe de luz, o vestido vermelho parecia capaz de dar um passo em sua direção se quisesse e se aproximar dela mais rápido do que ela mesma era capaz de se mexer.

Então a água o levou, dobrando-o na cintura.

Atrás dele, revelou-se um armário aberto.

Havia cabides de madeira vazios lá dentro.

Aos poucos, Amelia se aproximou. Passou os dedos pelos cabides; suas mãos enluvadas eram desajeitadas demais para fazer qualquer coisa além de tatear.

Ela jogou o feixe de luz para cima e viu um vestido cinza encostado no teto. Se houvesse uma mulher dentro dele, estaria de frente para Amelia.

À sua esquerda, um vestido malva flutuava na direção dela, horizontal o suficiente para parecer ocupado, como se alguém estivesse mancando dentro dele, bêbado talvez, a água preenchendo o tecido de tal maneira que o fazia parecer curvilíneo, encarnado, usado por alguém que não era exatamente normal, mas...

— Deformado — completou Amelia, porque ela não queria só pensar isso.

Quando o vestido a alcançou, Amelia esticou as mãos enluvadas e o tecido se dobrou frouxamente por cima delas. Com delicadeza, ela o deixou cair e viu que logo atrás havia um quarto vestido.

Este era preto, posicionado perto do chão, como se estivesse sentado, olhando diretamente para Amelia.

Ela iluminou todas as direções. Contou mais três vestidos. Flutuando nos cantos, onde o chão encontrava as paredes e as paredes também se encontravam.

De ambos os lados do quarto ela viu duplas de portas idênticas, portas que no fim das contas deveriam, se Amelia tivesse algum senso de direção, levar de volta à escada. Imaginava que deveria haver quartos atrás dessas portas, outros cômodos, com janelas, uma das quais, pelo menos, ela e James tinham visto da canoa.

Ela andou na direção das portas à sua direita, para o lado da casa sobre o qual James flutuava.

Esticou o braço na direção das portas. Ao ver que estavam abertas, pressionou a palma volumosa e dourada nelas.

Um vestido azul emergiu do espaço que fora aberto e flutuou por cima do seu capacete, seguindo para a escuridão atrás dela.

Amelia o seguiu com a lanterna até o outro lado do quarto, onde ele afundou por um instante no chão, na bainha do vestido preto.

— Não estou com medo — afirmou ela.

Respirando fundo, passou pelas portas idênticas abertas.

18

— Uau! — exclamou Amelia, só tendo tirado metade do capacete. — Uau, uau, uau, uau, *uau*!

Com as luvas molhadas, ela agarrou James pelo rosto.

— Você foi ao andar de cima? — perguntou James.

— Se eu fui ao andar de cima? *Se eu fui ao andar de cima?* James! É incrível. É a coisa mais extraordinária que já vi. Tinha vestidos flutuando, camas com lençóis ondulando, penteadeiras e os armários... Ah, caramba. Meu *Deus*, os armários.

Aliviado por vê-la e ainda mais feliz por vê-la se divertindo tanto, James começou a rir.

— Você está mesmo animada!

— Animada? Eu nem consigo... nem consigo encontrar as palavras. Isso é... isso é... é...

— Milagroso — falou James. Depois olhou por cima da borda da canoa para o telhado. — Impossível.

— É fabuloso. É mágico. É a descoberta mais importante de todos os tempos.

Amelia mal se dava conta de que estava de pé na canoa. James a equilibrava a cada gesto entusiasmado que ela fazia.

— Temos que contar para as pessoas — disse ela. — Precisamos! Como podemos não contar?

— Talvez nós devêssemos.

— Não! — exclamou Amelia, os olhos arregalados com a revelação. — Não podemos contar a *ninguém*. As pessoas vão estragar tudo, porque é isso que as pessoas fazem. — Amelia olhou para as margens do terceiro lago. — Não. Ela é nossa. Por enquanto. Pelo tempo que a gente quiser, ela é nossa.

— Está bem. — James riu. — Preciso dar uma olhada no andar de cima.

— Ah, você precisa. Precisa *mesmo*.

— Quantos cômodos tem lá em cima?

Amelia tirou o traje enquanto respondia. James ficou olhando para onde o tecido vermelho do seu biquíni encontrava sua pele macia.

— Sete? Acho que são sete cômodos lá em cima. Três de cada lado. E o do meio. O quarto de vestir. O banheiro. Nunca estive em um quarto como aquele. Vestidos em todos os cantos.

— Uau.

— É. *Uau*. Tentei abrir uma das janelas. Aquela. — Ela apontou para baixo. — Tentei acenar para você, mas a mangueira... era só até onde ela ia.

— Você usou a mangueira toda?

— Usei.

— Não ficou com medo de que ela se partisse?

— Não. Eu não estava me importando. *James*. É de tirar o fôlego. É a coisa mais incrível que já vi!

Ela terminou de tirar o traje. Seu corpo seminu brilhava sob o sol fraco. James podia contar as gotículas em sua pele.

— Não podemos simplesmente passar a noite? — perguntou ela.

— Como assim?

— Não — disse ela, franzindo a testa. — Acho que não podemos. Mas, cara... *isso* seria incrível. Passar a noite aqui. *Lá dentro*. Mas é impossível, não é?

James riu.

— Você *realmente* se divertiu lá dentro.

— Eu me diverti. De verdade. E senti medo. Muito medo. Mas em momento algum senti que estava correndo perigo. Sabe? E-mo-cio-nan-te.

James viu epifania nos olhos dela. Imediatamente voltou a ficar emocionado.

— James — disse ela, agachando-se na frente dele, que tentou não olhar para a calcinha do biquíni dela. — Isso é algo que venho procurando a vida inteira. Uma coisa tão absurda que ri na cara de todas as coisas sensatas no mundo. É impossível. Mas está aqui. Podemos ficar com ela?

Podemos ficar com ela, repetiu James em sua cabeça. *Como se estivéssemos namorando. Não mais apenas saindo. Agora estamos...* namorando.

— Podemos — respondeu ele, sorrindo. — Podemos ficar com ela. E vamos ficar. Ela é nossa.

— Eba! — exclamou Amelia.

Ela se inclinou para a frente e o beijou na boca. Então seus lábios se abriram e James sentiu sua língua delicada serpentear sobre a dele.

Quando ela se afastou, James estava mudo de espanto.

Mas Amelia, não.

— Precisamos de outro traje — disse ela. — Precisamos descer lá juntos.

James assentiu, como se quebrasse um feitiço invisível.

— Precisamos nos beijar de novo, é isso que precisamos fazer.

Amelia olhou para os lábios de James.

Eles se beijaram outra vez.

— Precisamos de equipamento de mergulho — disse ele quando se afastaram.

— É. Duas roupas. Devemos fazer aulas?

Eles fizeram planos a esse respeito. Tostaram no sol. Nadaram por cima da casa. Remaram de volta.

Conversaram sobre a casa durante todo o trajeto. Era impossível falar de qualquer outro assunto.

Tio Bob estava esperando por eles na margem, os pés descalços na pequena praia de areia.

— O que vocês dois fizeram com a minha canoa? — perguntou, olhando para a pintura descascada, os amassados, o traje doido de mergulho entre os bancos.

James e Amelia se entreolharam rapidamente. James abriu a boca para mentir, mas Bob ergueu a palma da mão.

— Não tem problema. Não fazem ideia de quantas coisas eu quebrei antes de fazer vinte anos. Vocês estavam mergulhando?

— Aham.

Tio Bob balançou a cabeça, sorrindo.

— Garotos malucos. Acharam algo legal?

O sol brilhou no rosto queimado deles. Surpresa brilhou em seus olhos.

— Não — disseram em uníssono.

19

Eles se apaixonaram lá, no terceiro lago, debaixo da superfície, explorando a casa impossível, mergulhando juntos, melhorando as habilidades que haviam aprendido no curso de mergulho, almoçando na canoa, dormindo na canoa, tomando sol na canoa, explorando o corpo um do outro na canoa também.

Em algum momento, eles pararam de vez de olhar para as margens. Eram próximas demais da realidade, parte do mundo real que deixavam para trás toda vez que visitavam o terceiro lago e a casa no fundo. Eles não ficavam em silêncio. Não estavam se escondendo.

Eles brincavam.

De casinha.

Tio Bob não perguntou mais sobre as marcas na lateral da canoa porque James a comprou dele antes que isso pudesse acontecer. Duas dúzias de viagens pelo túnel apertado haviam arrancado a maior parte da tinta verde, deixando marcas que poderiam ter sido feitas por um gato-pescador gigante, até onde Bob sabia. James juntou cem dólares trabalhando para o pai e entregou o dinheiro a Bob junto com dez dólares extras.

— Para que é isso? — perguntou o tio, o sol fazendo-o franzir os olhos naquele dia.

— Por atracar aqui na sua casa.

— Não precisa fazer isso, James.

— Eu sei que não. Mas é muito legal da sua parte deixar a gente guardar a canoa aqui.

Se Bob percebeu qualquer mudança nos adolescentes, ele não mencionou.

Mas James e Amelia não queriam correr riscos. E se Bob ou qualquer outra pessoa tivesse lhes perguntado o que os interessava *tanto* nos lagos, em andar de canoa, James e Amelia estavam preparados para mentir.

— Minta — falou Amelia certa tarde, o sol alto acima das montanhas.

Eles balançavam os braços por cima das bordas da canoa, seus dedos roçando a água fresca.

— Com certeza — disse James com os olhos fechados, a cabeça apoiada no banco da frente. Tinham deixado livros na canoa, mas nenhum dos dois os lia. Quando não estavam lá embaixo, falavam sobre estar lá embaixo. — Seria mais fácil se a gente não tivesse que... ver todo mundo o tempo inteiro.

— Tipo no trabalho.

— É. Em casa também. Sabe o que é mais fácil do que mentir sobre o que você está fazendo? Não ver as pessoas que vão perguntar o que você tem feito.

Amelia virou-se para olhar para ele. Teve uma ideia.

— Que tal uma balsa?

James abriu os olhos. Ele olhou para a margem e notou as árvores. Já haviam conversado sobre querer um pontão, algo grande o bastante sobre o qual pudessem se esparramar.

— Podíamos ancorar no telhado — disse James.

Um barco maior não passaria pelo túnel estreito, mas construir uma plataforma que ficasse ali podia ser tão bom quanto.

Podia ser melhor.

— Vamos precisar de um machado — falou James. — E muita madeira. Corda. Das fortes.

— De que tamanho deveria ser?

— Do tamanho que a gente quiser, eu acho. — James inclinou-se para a frente e beijou Amelia, um beijo que durou muito tempo. Quando se afastou, abriu um sorriso. — Você é *sensacional*, Amelia. Uma balsa.

Sem discussão, eles vestiram novamente suas roupas de mergulho, ajudaram um ao outro a ajustar seus cilindros de oxigênio, prenderam as máscaras à boca e mergulharam no terceiro lago. Juntos, nadaram até a meia-porta da frente. Passaram pelo hall, pela sala de jantar, pela sequência de salas de estar e pela cozinha tão grande quanto o chalé do tio Bob. Nadaram pela biblioteca, parando na janela, direcionando a luz de suas lanternas para o vidro, apontando para peixes que emergiam da escuridão como coelhos fariam em um jardim de flores. Nadaram por todos os cômodos do andar de baixo e então, de mãos dadas, nadaram o mais rápido que podiam escada acima, pelo corredor comprido de uma porta só. Nadaram para dentro do quarto de vestir e através dos quartos de dormir e por uma porta que levava ao sótão no segundo quarto do lado leste. Nadaram para dentro do sótão através do beiral estreito que cercava o cômodo como catacumbas, como um único corredor, como a extensão lógica do caminho em que estavam e tinham estado desde que tio Bob lhes mostrara o básico sobre a canoa que já fora dele. Para Amelia e James, tudo isso parecia parte de um mesmo momento, ou talvez de um mesmo túnel. Alguns trechos eram ensolarados, outros, pichados, mas a maior parte da jornada era debaixo d'água, nadando cada vez mais para dentro da casa.

20

Eles construíram a balsa, um retângulo robusto de dois metros e setenta por um metro e oitenta de toras desiguais, amarradas com fios suficientes para formar uma segunda camada, um cobertor de corda. Encontraram a madeira nas margens arborizadas da costa. Arrastaram troncos pesados pela lama e pelo mato, carregaram-nos nos ombros, cantando a música dos sete anões. Eles derrubaram uma árvore. Uma. Porque James achava que a balsa precisava de uma peça forte no meio, para que, se tudo falhasse, se a corda de algum modo se desamarrasse e todo o resto saísse boiando, eles ainda tivessem aquele único tronco sólido para se segurar, para reconstruir em volta, chamar de lar. Passaram horas trabalhando, nadando acima da casa, seus pés descalços perto do telhado, quase a ponto de conseguir ficar de pé ali. Eles se revezavam, ficavam exaustos, riam, debatiam, felizes por estarem construindo a balsa, um lugar onde poderiam dormir, perto da casa, tão perto que era quase como ser dono dela, ou talvez *exatamente* como ser dono dela, no fim das contas.

Quando haviam terminado, quando o último nó foi dado, Amelia prendeu a ponta de uma corda independente na ponta saliente da tora do meio e James mergulhou, nadando com a corda em volta da pequena chaminé da casa, enfiando-a debaixo do cume de tijolos em seu topo. A sensação foi ótima, disse ele a Amelia quando rompeu a superfície de novo, mandando marolas na direção da canoa (na direção da balsa também). Parecia que haviam feito jardinagem, ou construído uma extensão, ou, no mínimo, haviam *acrescentado*.

— Um acréscimo à casa — disse Amelia, colocando um colchonete e um cobertor em cima das toras desiguais.

James amarrou a canoa na corda que prendia a balsa à casa. Então se sentaram na beirada da balsa e deixaram os pés descalços e os tornozelos balançando dentro d'água.

Amelia o beijou. Segurou o rosto dele e o beijou até ele se deitar. Ela rastejou para cima dele e continuou o beijando. James a beijou de volta, passando as mãos pelos ombros dela, pela base de suas costas, por suas pernas. O sol os bronzeava enquanto Amelia montava em James. Ela colocou as mãos dele em seus seios. James estava ofegante, traçando o formato por baixo do biquíni, apertando-os, beijando o pescoço dela. Amelia abriu o sutiã, deixando-o escorregar pelos ombros, deixando-o cair nas toras que os sustentavam. James beijou seus seios, sentiu o gosto da água do lago, imaginou se todos os momentos com Amelia ficariam eternamente conectados ao gosto do terceiro lago.

Eles escorregaram mais para perto da beirada da balsa. James, que estava com as mãos na bunda de Amelia, tentou rolá-la para baixo, com muita vontade de ficar em cima dela, abrir suas pernas, sentir a força de suas coxas contra o corpo dele. Beijou o pescoço, os ombros, os braços, as pálpebras dela e tudo o que estava à vista. Amelia gemeu em resposta e James finalmente conseguiu deitá-la de costas. Ele se curvou para beijar a lateral do seu corpo, sua coxa, para mordê-la. Com a cabeça inclinada na direção da casa, ele olhou pela beirada da balsa, através da superfície da água, onde o sol iluminava o telhado, e encontrou um único olho encarando-o, alguém agachado em cima do telhado.

— *Ai, merda!* — exclamou James, aproximando-se do meio da balsa, indo para longe da beirada, para longe de Amelia, para longe da água.

— O que foi? O que houve?

Amelia levantou-se depressa e ficou de joelhos, rastejando para a beirada da balsa. Viu o olho se mexer e então sumir.

Ela ficou olhando fixo. James se aproximou dela e ficou olhando também. Seus ombros se tocaram, mas em vez de se sentirem seguros por estarem tão perto, os dois se afastaram do contato.

Escuridão abaixo. Nada no telhado.

Até que ouviram uma pancada na água a um metro da balsa e ambos gritaram quando um peixe saltou e logo mergulhou de volta na água.

— Meu Deus! — gritou James.

Houve uma pausa entre eles. Enquanto a água se acalmava. Então os dois começaram a rir.

James estava com a mão no peito nu e alternava entre rir e ofegar, do jeito que as pessoas fazem quando não estão mais com medo, mas um pouco do susto permanece.

— Caramba — disse Amelia. — Você me assustou!

— Por um segundo eu realmente achei que tinha visto alguma coisa.

— Eu também. Vi um olho de peixe.

— Eu também.

Eles riram de novo. Amelia não tentou cobrir os seios e James não conseguia parar de olhar para ela. Não *queria* parar de olhar para ela. Deitaram de barriga para baixo, lado a lado, o rosto deles acima da beirada da balsa. O sol estava quente em suas costas e seus reflexos eram escuros e ondulantes.

— Talvez tenha sido uma coisa boa o que aconteceu — disse Amelia, falando para o reflexo distorcido de James. Ele entendeu o que ela quis dizer.

Quão perto eles tinham estado?

Amelia respirou fundo.

— Você acha que a gente devia transar lá?

James ficou olhando para o reflexo escuro de Amelia. Os olhos dela cintilaram por um segundo antes de voltarem a escurecer.

— Na casa?
— É. Por que não? É especial para nós.

Especial para nós. Isso era verdade, mas James mal conseguia acreditar que eles estavam tocando naquele assunto, ainda mais discutindo *onde* aquilo seria feito.

— Nossa primeira vez — disse ele. Seria a primeira vez dos dois. — Na casa.

— Aham.

Ele olhou para ela.

— Isso é possível, não é? — perguntou. — Quer dizer... debaixo d'água... as pessoas conseguem fazer isso?

— Acho que sim.

Ambos com dezessete anos. Ambos virgens. Mas ambos dizendo sim.

— Então está bem. Vamos fazer isso.

— Vamos.

Eles não transaram naquele dia. Em vez disso, nadaram, exploraram, fizeram ajustes na balsa, almoçaram, jantaram e, pela primeira vez, dormiram em cima do terceiro lago, no escuro, escutando os grilos e os sapos, uma pequena sinfonia da vida gritando das margens na base da montanha. Ouviram peixes irromperem na superfície e mergulharem de volta. Pensaram no olho oscilante que tinham visto perto do telhado. Observaram o luar e ficaram hipnotizados com os desenhos que ele formava. Havia padrões hipnóticos em tudo ali. Os sons, os cheiros, as paisagens. E os sentimentos também, de se abraçar debaixo de um cobertor fino, flutuando.

Mas não para longe da casa.

Flutuando para o sono.

Atados à casa.

Amarrados.

— Eu te amo, Amelia — sussurrou James.

Mas ela já estava dormindo. Já estava flutuando no meio do terceiro lago.

21

Amelia acordou com o som de algo respingando. Mas não exatamente. Parecia mais o som de alguém ou alguma coisa emergindo, impulsionando-se para fora da água.

Seu braço esquerdo estava dormente. Ela dormira em cima dele. Isso sempre acontecia quando ela caía em um sono profundo. Então Amelia esfregou o braço, sacudiu-o, tentou fazê-lo voltar à vida. Deitado de costas, James roncava um pouco. Ela viu a ponta do seu nariz sob o luar. O resto dele estava nas sombras.

Amelia sentou-se ereta. A superfície da água cintilava parcialmente com o luar escasso. Ela ouvia ondas suaves batendo na balsa.

James rolou de lado e sumiu totalmente de vista. Como se tivesse se enrolado nas sombras porque sem elas sentiria frio.

Amelia deu uma olhada nas margens.

O que a acordou?

Um peixe, sem dúvida, assim como o que tinham visto pular perto da balsa depois de terem notado seu olho embaixo d'água. Só um peixe (*com certeza*). Talvez com um pouco de dúvida. Uma pontinha, pelo menos. Porque parecera como se alguém tivesse saído da água ou afundado de volta.

Ela ficou olhando à procura de movimento.

Ficou escutando.

Olhou por cima de James, além da beirada da balsa, para onde sabia que estava a casa.

Atados, eles não haviam saído à deriva, não podiam se afastar.

Mas não havia nenhuma centelha de luar, nenhuma luz em cima de onde a casa devia estar e Amelia não enxergava nada.

Ela esticou a mão para a roupa de mergulho e parou.

O que estava pensando em fazer? Mergulhar à noite? Se fosse isso... será que contaria para James?

Só quero saber o que foi aquele barulho. Só isso.

Mas era uma motivação estranha. Quais eram as chances de que o mesmo peixe que a havia acordado estivesse nadando pelos corredores da casa?

Imaginar a si mesma lá embaixo, enterrada por toda aquela escuridão sem luar, a deixava entusiasmada e preocupada ao mesmo tempo. Amelia não tinha certeza de *por que* isso deveria incomodá-la. Não era nem um pouco mais claro dentro da casa durante o dia. As lanternas forneciam cem por cento da luz que usavam. Então... qual era a diferença entre mergulhar ao meio-dia ou mergulhar à noite?

Possivelmente, refletiu Amelia, era saber que o mundo acima estava tão escuro quanto estava lá embaixo, duas camadas de cegueira, noite em cima de noite.

Escuridão infinita.

E ainda assim... as estrelas. Não tão brilhantes quanto ela gostaria, mas com certeza já eram alguma coisa.

Ela olhou para a beirada da balsa, para além dos seus pés descalços. Olhou para a costa. Observou a superfície do lago, a grande área de escuridão impenetrável que parecia pairar acima da casa (*da nossa casa*) como se fosse feita de algo além de água.

O que havia com as estrelas que, não importava quanto iluminassem o céu noturno, não conseguiam eliminar a noite?

Amelia levantou-se com cuidado, consciente de que poderia perder o equilíbrio, calcular mal os limites da balsa e cair dentro d'água.

Imaginar seu corpo branco rompendo a superfície, ela mesma como o único objeto cintilante em toda aquela escuridão, um farol para o que quer que morasse no lago, a lâmpada que as mariposas tinham que alcançar.

Ela não gostou.

Por que não? Pare. Você não está com medo. Adora isso aqui.

Uma onda mais forte chegou e a canoa balançou audivelmente, atada a um metro de distância. Ela se ajoelhou na beirada da balsa e esticou a mão para a corda que a prendia. Então puxou-a, mão após mão.

Conforme a canoa chegava mais perto, conforme sua silhueta parecia uma barbatana dorsal, ela percebeu que estava planejando verificar se as coisas deles ainda estavam lá dentro. Roupas. O *cooler*. Livros. Como se tivessem deixado o carro destrancado do lado de fora de um shopping, e não ali no meio de um lago inabitado.

A canoa percorreu o restante do caminho rápido demais e atingiu com força a balsa. O som da batida a fez pular.

Você não está com medo.

Amelia puxou a canoa de lado, enfiou a mão e sentiu o *cooler*, as toalhas, as bolsas, os cilindros, as máscaras e os pés de pato.

Encontrou as lanternas.

Era isso que você estava procurando esse tempo todo, não era? Luz.

Tirou uma de dentro da canoa e a ligou.

Ela não examinou a canoa nem James ou aquele pedaço de escuridão sem estrelas que parecia flutuar acima da casa. Em vez disso, apontou imediatamente o feixe de luz para a borda da balsa, para onde ela achava que tinha escutado o barulho que a acordara.

— Merda.

Gotas de água brilhavam na base das toras, para além dos pés de James e perto de onde os dedos dela deviam ter estado enquanto dormia. Ela engatinhou até lá, seu cabelo apenas centímetros acima da beirada da balsa.

Sob a luz, pareciam pocinhas minúsculas. Prova de que alguma coisa havia ficado de pé ali recentemente.

De pé ali?
Amelia não gostou desse pensamento, então o afastou.
Você não está com medo. Está dormindo em uma balsa no meio de um lago. As coisas vão molhar.
Ainda assim...
Ela dobrou o braço de um jeito que pudesse chegar às gotinhas pelo lado da balsa que encostava na água. Mergulhou os dedos nas poças minúsculas. Depois espalmou a mão em cima delas. De certa forma, encaixou. Como se a própria Amelia tivesse feito as marcas. Ou como se alguém tivesse segurado a lateral da balsa com as pernas balançando na escuridão abaixo.
Amelia afastou-se lentamente da beirada.
Pare com isso. Você não *está com medo.*
Ela ouvira falar de pessoas, normalmente adultos, que transformavam de propósito algo bom em algo ruim. Quando as coisas estavam indo bem, os adultos gostavam de estragá-las. Sua própria mãe chamava de "profecia autorrealizável". E você fazia isso para provar a si mesmo que, para início de conversa, não estava tão bom assim.
Tudo isso, o lago, James, a casa... eram coisas boas.
Então por que Amelia estava tentando estragar?
Lentamente, ela voltou para o colchonete, sentou-se, abraçou os joelhos e deu uma olhada na margem. Apagou a lanterna, como se não quisesse chamar atenção para si mesma, como se não quisesse ser a única coisa acesa em toda aquela escuridão.
Noite em cima de noite. Escuridão dentro. Escuridão fora.
A balsa foi erguida por uma onda leve e se acomodou, atada a uma casa enterrada.
— James? — sussurrou ela, esticando a mão para as sombras e dando um tapinha no ombro dele.
O garoto se remexeu.
— O que houve? — perguntou ele.
— James, o que é isso?

— O que é o quê?

Ela iluminou a beirada da balsa. Por um segundo louco imaginou que poderia ter alguém ali, um par de olhos molhados onde a madeira terminava e o lago começava.

James sentou-se.

— Isso?

— É.

— É água — respondeu ele.

— Mas como foi parar aí?

James refletiu. Ele não estava com medo. E era disso que Amelia precisava.

— A canoa deve ter vindo à deriva, batido na balsa e esguichado um pouco de água.

Amelia assentiu.

— Há muita água por aqui — acrescentou James.

— É.

James deitou-se de costas de novo e dormiu no mesmo instante. Mas Amelia ficou acordada, ouvindo o som das ondas invisíveis batendo na balsa. Tentou não imaginá-las como dedos, ou até mesmo cabeças, algo com mãos pairando perto da madeira, esperando que ela dormisse de novo, esperando que a escuridão dentro dela se equiparasse à do lado de fora.

22

Enquanto seguia Amelia pela casa, tomando impulso com os pés de pato, James pensou: *Ela é a garota mais maneira que você já conheceu.*

Mais do que a coragem de explorar a casa era o fato de que eles estavam passando algumas noites na balsa.

Por trás da máscara, James sorriu. Ele apontou o feixe de luz em um círculo em volta dela até parecer que Amelia atravessava um aro de fogo. Ela estava se apresentando para ele: percorrendo os corredores, as salas, subindo e descendo a escada, passando pelo sótão, pelos quartos, e às vezes até mesmo por cima do jardim de algas do lado de fora.

Ele devia muito àquela casa. Dera-lhe algo incrível para mostrar a Amelia.

Ainda seguindo-a, ele pensou no corpo seminu dela e em quantas vezes o tinha visto. Pensou em como seus seios eram macios nas mãos dele, em como o gosto dela era doce, em como sentia o peso do corpo dela em cima do dele na balsa.

Seria hoje o dia em que perderiam a virgindade na casa? E será que ele devia tocar no assunto?

Talvez...

À frente, Amelia virou à esquerda de repente, entrando no corredor estreito que ligava o escritório à cozinha, a vasta e magnífica cozinha com não uma, mas duas ilhas de mármore, onde as facas ficavam nos suportes, o fogão parecia pronto para ser usado, e os armários estavam cheios de pratos, copos, travessas e tigelas.

Tudo fixo. Como encontrado na cozinha de qualquer casa seca.

Cola?, perguntou James a si mesmo. *Corda?*

Mas nada de *como*. Nada de *por quê*.

Por causa da única regra deles, da diretriz do seu clubinho, James não havia observado a louça com atenção suficiente para saber *o que* a mantinha no lugar. A loja de ferragens do seu pai tinha dezesseis tipos de cola em estoque. Havia cola de madeira Glasgow forte o suficiente para segurar um chalé. Mas não dava nem para pendurar o desenho de uma criança na parede com a Duncle's. E a loja tinha de tudo entre uma e outra. Na verdade, o pai de James teria tanto o que explicar ali embaixo que sua cabeça explodiria de animação.

Mas será que os estilhaços da cabeça dele cairiam no chão... ou se espalhariam livremente pela casa?

Nada de como. Nada de por quê.

Amelia disse que a casa era mais ou menos como o Jardim do Éden. Nenhum dos dois ligava para religião, mas a analogia era precisa.

Não comam a maçã. Não ali embaixo.

Mas, aos dezessete anos, James *estava* curioso. Estava longe da idade em que a mágica da infância podia voltar e longe de ser um velho que não *queria* fazer perguntas, que aceitava com alegria o desconhecido e todos os mistérios.

Provavelmente era porque ele passava a maioria dos dias conversando com pessoas sobre como as coisas eram montadas, a melhor maneira de construir algo, a melhor madeira, ferramenta, borracha e cola.

A loja de ferragens do seu pai perguntava constantemente como e por quê.

Era como ela sobrevivia. Era o motivo da sua existência.

Reformas do lar.

Lar.
E como mantê-lo nos eixos.
À frente, Amelia saiu da cozinha pela escada em caracol que levava a um dos quartos do andar de cima.
James não a seguiu.
Ergueu os braços e as pernas e deu impulso até parar. Bolhas saíram da sua máscara. Ele ficou flutuando acima das duas ilhas na cozinha por um minuto inteiro. Pensou no Éden. Depois se abaixou até o chão de azulejos da cozinha.
Na bancada havia um pequeno castor de porcelana. Os três furinhos em suas costas deixavam claro que era um pimenteiro.
Por que não está flutuando? O que o está prendendo?
Enquanto apontava a lanterna para os dentes do animal, James sentiu a escuridão atrás dele. Parecia que toda a escuridão da casa se dispersava a partir daquele ponto, daquele pimenteiro que de alguma forma ficava parado em cima da bancada da cozinha.
De alguma *forma*.
Os olhos arregalados do castor pareciam olhar para a luz.
James passou um dedo por suas costas, por cima dos buracos.
Ele o pegou entre o indicador e o polegar.
Como.
Puxou.
Por um segundo pareceu que ia conseguir erguê-lo. James via os dentes, os olhos, a cauda achatada saindo da bancada como qualquer objeto racional deveria fazer.
Mas aquele não se mexeu nem um pouco.
A visão de James não era das melhores através da máscara, mas era boa o suficiente. Flutuando acima do chão da cozinha, ele se curvou e examinou a parte em que o pimenteiro encostava na bancada.
Por trabalhar no ramo de aderentes e ferramentas, James já tinha visto mil objetos quebrados. Conseguiria reconhecer algo

colado do outro lado da cozinha. Mas não havia nenhum sinal de cola na base do castor.

Ele olhou para a saída, para onde vira Amelia nadando pela última vez. Por um instante, achou que a tinha visto, de braços cruzados, olhos penetrantes, sem máscara, sem tanque, sem roupa de mergulho, encarando-o do outro lado da cozinha.

Sentiu um pouco de vergonha por estar fazendo aquilo.

Ele puxou o pimenteiro de novo. Com mais força desta vez.

Não cedeu.

Não balançou.

O pimenteiro não se moveu.

James tirou um canivete do saquinho preso em volta da sua cintura. Abriu a ferramenta. Segurando a lanterna com uma das mãos, enfiou a faca onde o pimenteiro encostava na bancada. Escavou.

Seus pés de pato subiam atrás dele à medida que trabalhava, até ele estar flutuando horizontalmente à bancada, a máscara a apenas alguns centímetros dos dentes do castor.

Ele escavou de novo.

Não balançou.

Não cedeu.

James guardou o canivete de volta no saquinho e se virou na direção das facas maiores. Os cabos se projetavam para fora do suporte de madeira.

Ele pensou em Amelia. No que ela diria.

Por que você precisa saber? Este lugar é nosso, James. Isso não basta?

Ele olhou de novo para o pimenteiro, pensando que talvez devesse deixá-lo quieto.

Mas o pimenteiro não estava mais na bancada.

— Como assim?!

O animal de porcelana flutuava, na altura dos seus olhos, e James ficou observando-o girar, como se alguém o estivesse virando, mostrando-lhe o fundo, comprovando que não havia indícios de cola.

James esticou a mão para pegá-lo.

O pimenteiro flutuou para cima, na direção do teto.

James esticou outra vez a mão para pegá-lo, mas o castor rodopiou novamente para longe.

Ele jogou o feixe de luz no espaço em volta do pimenteiro.

Um bolsão de água fria rolou pelo comprimento do seu corpo. James conhecia bem a sensação. Era a mesma que tivera em porões alagados, ajudando o pai a consertar o encanamento de um vizinho. Água tão fria que parecia agarrá-lo com dedos de verdade.

James sentiu alguém atrás dele e virou-se rapidamente.

Um rosto distorcido estava a centímetros de distância.

Ele gritou dentro da máscara.

Mas era Amelia.

Só Amelia.

Só.

Ela colocou a mão no ombro dele. Estava sorrindo.

Fez um gesto para que ele a seguisse. Formava palavras com os lábios. *Uma porta*, parecia dizer. *Outra porta*. James ergueu um dedo, pedindo que ela esperasse, porque ele também tinha algo para mostrar.

Mas quando iluminou de novo o local para onde o pimenteiro flutuara, descobriu que o objeto estava de volta à bancada, preso.

Os dentes grandes e os olhos tolos brilharam em seu feixe trêmulo.

Venha, Amelia parecia dizer. *Você vai adorar isso.*

Ela nadou para fora da cozinha e James foi atrás.

23

Enquanto James estava na cozinha, observando o pimenteiro, Amelia estivera dando cambalhotas e saltos mortais flutuantes por todos os cômodos da casa. Quando finalmente chegou à sala de estar com o quadro a óleo de natureza morta, estava tonta por causa dos movimentos, até mesmo um pouco revirada. Deu mais uma cambalhota e seus pés de pato bateram na parede, que se abriu. Amelia ficou sem ar dentro da máscara, entendendo que, apesar de já ter explorado o lugar uma dúzia de vezes, ainda havia novos cômodos a serem descobertos.

Ela nadou para dentro da entrada surpresa e percorreu com entusiasmo todas as direções com o feixe de luz, encontrando apenas uma parede de tinta cor-de-rosa descascada, talvez um closet. Iluminou o chão, com a expectativa (e a esperança) de encontrar sapatos, indícios de alguém que tivesse morado ali em algum momento, como os vestidos flutuantes no quarto no andar de cima.

Mas não havia nenhum sapato.

Havia uma escada.

Amelia flutuou por meio minuto, a palavra *porão* se repetindo em sua cabeça. A palavra *impossível* também, afinal a casa (*a casa deles*) estava situada com firmeza na lama suja no fundo do lago.

Por fim, ela nadou na direção da escada, a cabeça baixa, os pés de pato prendendo no fio de uma lâmpada acima. Mas antes de mergulhar de vez no nível subterrâneo da casa, ela parou.

James.

Encontrou-o na cozinha com cara de quem tinha visto um chef de carne e osso rastejar para dentro do forno e fechar a porta. Ela o convenceu a segui-la.

Minutos depois, nadando acima da escada da qual, uma hora antes, nenhum dos dois sabia da existência, James pensou as mesmas duas palavras que Amelia tinha pensado.

Porão.

Impossível.

Mas uma terceira palavra o preocupava mais.

Presos.

Como se, ao nadar para baixo, não fossem ter apenas o lago acima deles.

Teriam a casa também.

Amelia nadou primeiro, a cabeça baixa. James observou os pés de pato dela desaparecerem além do alcance do seu feixe de luz, escadaria adentro.

Então ele foi atrás.

24

Havia trinta degraus no total. A escadaria era como um túnel, descendo em um ângulo vertiginoso. E assim como no túnel de concreto que os levara ao terceiro lago, havia pichações.

Algo parecido com pichações.

Em vez de desenhos toscos de pênis e mulheres nuas, os traços pareciam uma tabela de crescimento, apesar de nem James nem Amelia poderem imaginar um pai pedindo ao filho que encostasse na parede, no meio da escada para o porão, a fim de marcar sua altura.

Mas havia marcas. Marcas crescentes. Como se o desenvolvimento de alguém tivesse sido registrado.

Depois de examinarem as marcas por um minuto, James e Amelia continuaram descendo.

Mais fundo.

Por fim, chegaram à entrada de um cômodo amplo e Amelia sentiu outro fio de lâmpada percorrer sua coluna conforme ela passava debaixo dele. Teve que nadar mais baixo para desviar das vigas de sustentação de madeira, o alicerce da casa. Viu uma teia grande, onde uma das vigas encostava no teto, e parou para mostrar a James. Eles nadaram ali perto, observando o desenho intrincado se encrespando com ondas que deviam ter descido pela escada com eles.

Uma teia de aranha. Debaixo d'água. Em uma casa no fundo de um lago.

Eles continuaram, mais para o fundo, para dentro do porão.

Espaço, pensou James. O cômodo tinha muito espaço. Amelia deu um puxão em sua roupa de mergulho e apontou o feixe de luz para baixo, mostrando-lhe um piso familiar. Azulejos brancos e azuis rotulados com medidas, um metro, um metro e meio, que em outro contexto teria sido claro, mas ali embaixo simplesmente não tinha como ser.

Ainda assim, como o que não podia ser era realidade naquela casa, o porão provou não ser diferente.

Amelia e James nadavam dois metros acima de uma piscina coberta.

Com água própria.

A superfície se mexia independentemente da água em que eles nadavam.

Mesmo abafada pela máscara, James ouviu a risada de Amelia chegando até ele em compassos maravilhados que representavam com perfeição o assombro que ela saboreava.

Até que ela mergulhou de cabeça na piscina.

25

É mais quente, pensou Amelia. Mais quente como uma piscina coberta deveria ser. Como quando alguém pensa em água de banho. *Água de banho,* pensou Amelia, calma, suave e envolvente como uma tumba, como um útero.

Ela rolou de costas e afundou até o chão de concreto. O tanque bateu primeiro e ela olhou para cima através da máscara, através da superfície independente da piscina, para dentro da água do lago que sustentava James, suspenso muito acima dela.

Amelia sorriu.

Ele estava tão engraçado lá em cima, nadando, olhando para ela, as bolhas subindo ao seu lado. Naquele momento ele parecia um homem para ela. O adolescente escondido lá dentro.

James, pensou ela. *Venha fazer amor comigo.*

Eles haviam conversado sobre o assunto. Ela sabia que ele também estava pensando nisso.

Venha fazer amor comigo.

Naquele momento, ela sentiu amor por ele, a sensação física do sentimento deixou seu corpo, subiu pela água da piscina, e então, através da água do lago, deslocou-se pela luz do feixe dele.

De repente James deu uma cambalhota, como se tivesse recebido os sentimentos que ela enviara em sua direção. Quando sua cabeça estava onde seus pés de pato haviam estado, ele nadou na direção dela. Na direção da piscina que não devia existir, que não tinha o *direito* de existir, mas que mesmo assim *existia*. Amelia a aceitava. A mágica. Assustadora ou não, *era* mágica. Água em cima de água, mexendo-se em sentidos diferentes, a temperatura dentro da piscina mais quente do que a do lado de fora.

Nada de *como*. Nada de *por quê*.

Venha para mim...

James rompeu a superfície da piscina um pouco longe do lado direito de Amelia e, através das novas marolas que ele havia formado, ela reparou que uma silhueta continuava nadando perto do teto onde ele estivera.

Ela aprumou-se rapidamente. Apoiou os pés de pato no fundo da piscina e subiu. Ficou com metade do corpo na piscina, metade no lago.

Ela apontou para cima, para de onde James tinha acabado de sair. Ela estava com a respiração mais acelerada, sacudindo a cabeça negativamente porque não, não havia ninguém ali, ninguém nadando onde James tinha acabado de estar.

James se aproximou, em silêncio, como Amelia havia pedido, e passou os braços em volta dela.

Amelia resistiu, empurrando-o para longe, apontando o feixe de luz para o teto.

Olhe!, ela tentou dizer.

OLHE!

Mas sua voz foi abafada pela máscara.

Como se compreendesse em câmera lenta e se movesse mais devagar que o sentimento de pavor que lhe consumia por dentro, James olhou para onde Amelia apontava seu feixe de luz de forma frenética.

Um vestido preto flutuava muito acima da piscina coberta. O tecido escuro tremulava com as ondas invisíveis. Mas foi sua posição o que mais amedrontou James.

Como se alguém o estivesse usando.

A bainha ondulava abaixo das alças simétricas dos ombros, a cintura era mais fina do que os quadris.

Amelia e James não se mexeram. Não gritaram. Apenas olharam fixamente.

O vestido começou a afundar na direção deles na piscina.

James queria acreditar que a aparência do vestido, a maneira como ele parecia estar preenchido, era fruto do acaso.

Como se alguém estivesse dentro dele.

Como se alguém pudesse nadar até o vestido, e então deslizar com facilidade por baixo, com os braços esticados, na intenção de usá-lo. Amelia colocou a mão na frente da máscara.

James era incapaz de se mexer. Estava enraizado no chão da parte rasa da piscina. Enquanto Amelia erguia a outra mão, protegendo seu rosto do tecido, James observou o vestido se dobrar ao meio e se torcer de uma maneira que nenhuma pessoa conseguiria.

Não parecia que alguém estivesse dentro dele.

O vestido flutuou para longe antes de chegar até eles.

Amelia abaixou os braços e olhou para James. Eles iluminaram a máscara um do outro com seus respectivos feixes de luz.

— PARA CIMA — falou James.

Amelia assentiu. Então James viu algo mais alarmante do que o vestido. No rosto de Amelia, ele viu *medo*.

Você não devia ter medo, pensou ele. *É você que faz tudo isso aqui não ser um problema.*

Mas Amelia *estava* com medo.

Ainda assim... ela sorriu. E sua expressão era a de uma mulher que quase batera o carro.

Para cima, fez ela com a boca. E eles nadaram para cima. Enquanto saíam do porão, James olhou para trás, iluminou as sombras e não viu nenhum vestido.

Mas pensou nele. Enquanto nadavam escada acima, não parou de pensar no vestido preto caindo e em como não parecera uma peça de roupa à mercê de ondulações invisíveis. Não, tinha se comportado muito mais como um vestido descartado que alguém tirara e jogara do teto na direção deles.

26

Almoçaram na balsa. Sanduíches de peru e batata chips. Água mineral. Estavam exaustos. Mergulhar era um exercício mais pesado do que qualquer um dos dois costumava fazer, mas a experiência no porão custou ainda mais caro.

Era bom sentir o sol. Também era bom estar acima da superfície.

Sempre parecia noite lá embaixo, dentro da casa.

— Você fica bonita quando está cansada — disse James, com os dedos dos pés na beirada da balsa. Nenhum dos dois balançava os pés dentro d'água.

— Fiquei bem assustada naquela hora.

— Eu sei. Também fiquei.

A balsa subia e descia em ondulações regulares.

— Juro que pensei que alguém tinha nos encontrado — falou Amelia. — Achei que alguém tinha visto a canoa e ido atrás de nós.

James ficou pensando sobre isso. Ele não havia considerado esse ponto de vista. De jeito nenhum. Quando viu o vestido flutuando acima da piscina, sua mente fora para um lugar muito mais sombrio do que a dela. Talvez ser descoberta fosse a coisa mais sombria em que Amelia pudesse pensar.

— Eu te amo — disse James de repente.

— Sei que ama. Você não nadou para longe quando eu fiquei com medo.

— É assim que as pessoas sabem?

James lembrou-se de como ficara imóvel abaixo do vestido. Como nada no mundo poderia ter tirado seus pés de pato da piscina coberta.

Amelia sorriu. Era bom vê-la sorrindo.

— É assim que *eu* sei.

Eles ficaram se entreolhando até que Amelia baixou o olhar para o telhado. James observou seus seios escondidos pelo tecido vermelho do sutiã do biquíni. Apesar de ter sentido tanto medo menos de meia hora antes, qualquer movimento dos músculos dela e qualquer visão da pele dela o excitava.

De repente Amelia chutou os pés para a beirada da balsa e se jogou na água. Ela nadou alguns metros para longe e então ficou acima do telhado. Olhou fixo nos olhos de James enquanto nadava, a casa enorme abaixo dela.

Um desafio, pensou James. Algo como um desafio. Amelia estava lhe dizendo que não sentia medo. Ou talvez estivesse dizendo a si mesma.

Nós ficamos assustados hoje, pensou James. *Então será que devemos continuar?*

Isso, pensou ele, *é o jeito de Amelia dizer que sim. Vamos continuar.*

Pulou na água atrás dela. Pela primeira vez desde que haviam descoberto a casa, James teve aquela sensação dos nervos à flor da pele por saber que havia algo muito maior do que ele debaixo d'água. Como o famoso pôster de *Tubarão*, ele era um nadador muito pequeno coroando a superfície, acima da infinidade de dentes da casa submersa.

Quando ele a alcançou, os dois se abraçaram. James fez isso em parte por medo. Mas Amelia, ele percebia, já havia deixado o vestido flutuante para trás. Eles se beijaram e seus corpos quase totalmente nus se encostaram, enquanto seus pés descalços os impulsionavam, mantinham-nos parados acima do telhado da casa. Amelia enfiou uma das mãos mais fundo dentro d'água e sentiu o pênis ereto de James por baixo do calção amarelo. Ela queria fazer amor com ele naquele momento, bem ali, acima do segredo que compartilhavam.

— Amanhã — sussurrou ela no ouvido dele.

James afastou o rosto do dela. Era mais fácil esquecer o porão agora.

— Tem certeza?

— Tenho — respondeu ela. — Cem por cento.

Eles riram porque era tão constrangedor quanto garantido. Riram porque sentiam-se envergonhados e também corajosos.

Esses sentimentos guerreavam e se misturavam dentro dos dois, enquanto a água abaixo deles fazia rotações; bolsões de calor, bolsões de frio, água agradável em volta das pernas, da barriga, substituídas de repente pelas pontas geladas de dedos invisíveis e pelas pontas de línguas, que lá do fundo faziam cócegas em suas peles nuas, querendo talvez apoderar-se deles, puxá-los mais para o fundo, mais para o fundo do lago, mais para o fundo da casa, mais para o fundo do amor, mais fundo...

Amanhã.

27

Sem roupas de mergulho desta vez.

Só as máscaras, os pés de pato e os cilindros de oxigênio.

E seus corpos. Pálidos apesar de todo o tempo no lago. Pálidos porque eles passavam os dias submersos.

Submersos.

Hoje.

James e Amelia se aprontaram na balsa. Eles não falaram sobre o assunto. Não disseram que era hoje o dia. Nenhuma pergunta, nenhuma brincadeira, nenhuma garantia. James observou Amelia terminar, quase sentindo fome ao observar seus movimentos. Amelia também observou James. As mesmas mãos que ajustavam sua máscara logo a estariam segurando.

Submersos.

Além da beirada da balsa, debaixo da superfície azul ondulante da água, o lugar da coroação esperava.

A casa. (*O lar.*)

— Muito bem — falou Amelia, fazendo um gesto positivo com o polegar, um sinal que a deixaria envergonhada apenas algumas semanas antes, quando eles tinham remado pela primeira vez nos lagos. — Pronta.

Ela se ajoelhou e arrastou um dos dedos do pé pela superfície da água. Estava mais quente do que a maioria dos dias. Acolhedora.

— Você está linda — disse James.

Amelia deu de ombros e assentiu, um agradecimento esquisito, e então agachou-se na beirada da balsa.

Mas James pulou primeiro dentro d'água. Seu corpo rompeu a superfície limpidamente, formando marolas cintilantes que tentavam alcançar as toras e sumiam em silêncio por baixo delas.

Amelia foi em seguida.

Na verdade, a água era mais fria sem as roupas de mergulho. Mas o choque os acordou uma segunda vez e eles deram as mãos acima do telhado.

Mergulharam juntos, de cabeça, na direção da meia porta. No fundo lamacento, seus pés de pato afundaram e James subiu primeiro o degrau musguento e escorregadio. Abriu a meia-porta para ela.

Amelia nadou para dentro.

Abraçaram-se no hall. Não podiam se beijar, mas isso não os impediu de passar as mãos no corpo um do outro, frenéticos, loucos, sedentos. Amelia agarrou o pênis ereto de James e o puxou na sua direção, pressionando-o em sua barriga, suas coxas, seus quadris. Eles passaram um pouco atrapalhados pelo corredor, seus corpos paralelos ao chão, entrando na sala de jantar, apalpando, enlouquecidos, famintos. Acima da mesa de jantar, mas abaixo do candelabro, eles largaram as lanternas e os feixes de luz traçaram desenhos aleatórios nas paredes, expondo o cômodo de forma fragmentada, os armários de vidro, os vasos servindo de suportes para livros de cada lado do aparador, e suas roupas de banho também, conforme flutuavam à deriva dos seus corpos agora nus.

As lanternas afundaram até a mesa e lá ficaram, uma delas apontada para o corredor pelo qual tinham entrado; a outra, para o teto, feito um holofote a poucos centímetros de onde eles se mexiam.

Enquanto flutuava, Amelia guiou James para dentro dela.

Não era fácil. Havia uma arte nisso que nenhum dos dois conhecia.

Ainda assim... por menos artístico que fosse, sua falta de jeito talvez tornasse aquilo mais emocionante do que tudo.

Penetrada pela primeira vez, Amelia arfou dentro da máscara e sentiu James ficar tenso. Ela o relaxou, passando os dedos nos ombros dele, por suas costas, por seu tórax.

Eles fizeram amor no escuro.

Os olhos de James estavam fechados quando ele chegou ao clímax e Amelia sentiu quando ele puxou o pênis para fora, no último instante antes de gozar.

No feixe de luz ao lado deles, ambos viram a nuvem branca subir da cabeça do pênis e se espalhar, levada por ondas invisíveis na direção do teto, das paredes, além do alcance da luz.

Amelia olhou para James, o rosto dele parcialmente iluminado pela lanterna caída. Ela esperava vê-lo de olhos arregalados, feliz, um amor profundo por trás da máscara. Mas James estava olhando para o teto.

Lentamente, Amelia esticou a mão para o queixo dele, para virar seu rosto na direção dela, para se conectar. Mas, sem olhar para ela, ele afastou a mão e colocou um único dedo na frente da máscara, pedindo que ela fizesse silêncio.

Com a outra mão, ele apontou para o teto.

Amelia olhou para cima.

Ela também ouviu.

Um rangido no teto. O som inconfundível de passos acima.

Como tudo o mais na casa, o som era distorcido, o rangido tinha o dobro da sua amplitude natural, e os pés que Amelia imaginou no chão do andar de cima não eram pés que ela queria ver.

E então risadas. Tão pervertidas quanto o rangido, gargalhadas de um só tom chacoalharam pela casa, como se cada sílaba pudesse nadar.

James balançou a cabeça de forma negativa.

Foi o ponto de ruptura, a única coisa mais impossível do que a existência da casa, do que os itens grudados nas bancadas, nas paredes, no chão.

Eles haviam concordado em nunca perguntar *como* ou *por quê*. Mas nenhum dos dois havia pensado em perguntar *quem?*.

James agarrou Amelia pelo pulso. Ele a tirou da mesa da sala de jantar, levou-a para o corredor e depois para o hall, mas o rangido continuava acima deles, talvez aproximando-se da escada.

E a risada andrógina também persistia. Glóbulos densos de alegria assexuada.

Saindo pela meia porta da frente, James não estava mais puxando Amelia. Ela passou por ele, nadando depressa, sem as lanternas, subindo para a superfície do lago.

Perto da superfície, James achou ter escutado um rangido diferente. O raspar inconfundível de uma porta (*cripta*) se abrindo pela primeira vez em séculos.

Ele não olhou para as janelas por onde passaram. Não olhou para baixo.

Eles romperam a superfície longe da balsa, longe do telhado, e nadaram depressa na direção das toras.

Depressa, pensou James, sentindo algo subindo lá de baixo.

Amelia chegou primeiro à balsa e logo se içou para cima.

James estava alguns segundos atrás dela. Conforme seus pés saíam da água, uma bolha estourou atrás dele, um som profundo, alcatroado, e James disse a si mesmo que era apenas (*a risada seguiu você até aqui em cima!*) um peixe.

Ele arrancou a máscara. A de Amelia já estava ao lado dela em cima das toras.

— Tem alguém lá dentro — disse James, apontando o dedo trêmulo para o telhado. Estava ajoelhado, puxando a canoa para a balsa.

— Tem alguém lá dentro — repetiu Amelia, de pé, olhando fixamente para a água, inclinando-se para longe dela, para longe da casa.

Ela ficou desse jeito, enraizada, durante todo o tempo que James levou para desamarrar a canoa. Com a mão, enxugou a água de sua pele pálida. Como se as gotas estivessem vivas.

— Vamos — falou James.

Os dois estavam com medo.

Pela primeira vez.

Com medo da casa.

— O que vamos fazer? — perguntou Amelia, ainda olhando para o fundo, para o telhado da casa.

— Vamos embora — respondeu James. — Vamos embora agora.

28

Uma semana.

Uma semana sem a casa.

Uma semana de verão linda, ensolarada. Uma semana perfeita para passar em um lago. Qualquer lago.

Mas não.

Não no terceiro lago e não na casa.

Por uma semana.

E contando.

Durante aqueles sete dias, James simplesmente não conseguia parar de pensar na casa. Quando tomava banho, ele pensava na piscina no porão. Quando cortava a grama, pensava nas algas balançando do lado de fora das janelas. Quando andava pelos corredores de sua casa, sentia um grande desejo de quicar como um astronauta, *flutuar* em direção ao seu quarto. Ele queria dar tapinhas nas portas e vê-las balançar lentamente para dentro. Ele sentia falta do devaneio, da impossibilidade. Até mesmo do medo.

Uma semana.

Uma semana sem Amelia também.

O que havia acontecido? Eles tinham perdido a (*cabeça?*) virgindade. Tinham feito amor dentro da casa. Não deviam estar comemorando? Não deviam estar rindo disso? Não deviam estar *conversando*?

Sim, ele sabia que deviam. O acontecimento devia tê-los aproximado. Merda. Na mesma noite, depois de terem feito amor, eles deviam ter ido a uma lanchonete, ficado abraçados em uma mesa, pedido comida demais ou de menos, enquanto James passava os dedos pelo cabelo castanho-avermelhado e úmido dela. Mas toda vez que James ia mandar uma mensagem ou ligar, ele ouvia o rangido vindo de cima, o som de outra pessoa na casa.

Ele não conseguia tirar aquela gargalhada prolongada da cabeça.

Sabia que Amelia devia estar sentindo a mesma coisa. Em relação a tudo. Por que outro motivo ela não teria ligado? E o que a fazia se sentir pior: os passos... ou o sexo?

À noite, James sentou-se em uma cadeira de plástico na varanda dos fundos. Sua mãe e seu pai dormiam. Era impossível não se lembrar de Amelia usando aquele primeiro traje sem graça, andando feito um astronauta desajeitado no jardim. Ele sentiu um aperto no coração e soube que era amor. Soube por que muita gente já havia sentido isso antes dele. Sabia que era coração partido.

Por que simplesmente não ligar? Por que não mandar uma *mensagem?*

Porque isso não é só um coração partido. Há a casa para se pensar também.

Outros sentimentos, forças externas, medos. Esses eram os inimigos de uma coisa boa. Eram os problemas que as pessoas enfrentavam.

Medos.

James estava com medo. O dia inteiro ele sentia medo. O dia inteiro ele ouvia o rangido acima, os baques lentos de algo descendo a escada. O som de uma meia porta abrindo-se com um rangido atrás dele.

Se tivessem estado com as lanternas na subida até a balsa, o que James teria visto abaixo de si no feixe de luz?

Ele se remexeu, inquieto, na cadeira da varanda. Sentou-se mais para a frente e passou os dedos no cabelo. Sentia como se tivesse estragado alguma coisa. Como se tivesse esmigalhado um objeto delicado.

Tudo estava indo *tão* bem. Eles tinham feito amor dentro da casa! Poderia ser mais memorável que isso?

É a casa, cara. Ela não está mandando mensagem para você porque está tentando ficar longe da casa.

James chutou o *cooler* vazio ao lado. Deu outro chute. Então ficou de pé e desferiu um terceiro, jogando o objeto no meio do jardim. Foi atrás dele e o chutou outra vez.

O QUE ACONTECEU?

Ele se ajoelhou ao lado do *cooler*, disposto a destroçá-lo, mas parou.

Ligue para ela. Ela também está zangada.

Ele se levantou e atravessou o jardim. Seu celular estava em cima da churrasqueira. Ligou sem planejar antes o que ia dizer, sem pensar que ao fazer isso podia estar levando os dois de volta à casa.

E aquela risada. Você lembra? Lembra como ela os seguiu para fora da água? Como ela espirrou?

Chamando. Chamando. Chamando.

O coração de James martelava no peito. Ele se sentiu tonto e de repente soube exatamente o que ia dizer.

— Alô?

A voz de Amelia. Amelia acordada.

— Amelia. Eu te amo. Está tudo bem. Nós dois estamos com medo. Mas vamos ficar com medo juntos. Vamos...

— Te peguei! Não posso atender agora. Deixe um recado, otário!

Merda.

Ele deixou o celular de volta na churrasqueira. Depois chutou a churrasqueira com força.

Um animal se mexeu nas sempre-vivas que cercavam o jardim e James olhou para a escuridão, desejando estar com sua lanterna e explorar aquela outra escuridão espantosamente mobiliada.

Foi para dentro levando o celular. Estava escuro, mas não o bastante. Fazia silêncio, mas não do tipo bom, não era o silêncio que incluía ondas, água passando por cima.

Uma semana.

James entrou em seu quarto. Não acendeu a luz. Não tirou as máscaras de mergulho e os pés de pato da cama. Ele se jogou no colchão, com o rosto para baixo, e do seu travesseiro ficou observando a escuridão por alguns minutos.

Imaginou se este era o momento em que devia seguir em frente. Como diziam as músicas. Um homem com o coração partido tinha que seguir em frente. Às vezes as coisas ficavam complicadas demais. Algo indesejado juntava-se a algo desejado e destruía tudo.

Medo.

Medo da casa. Medo da risada prolongada. Medo do que eles haviam feito juntos. Medo de quem morava lá.

Quem?

Ele rolou de costas, colocou o celular no beiral da janela acima de sua cabeça, cruzou os braços e deixou-se levar.

Deixou-se levar como eles haviam se deixado levar na canoa. Amelia e James. Ansiosos, rindo, explorando, se apaixonando.

Talvez Amelia já tivesse seguido em frente. Tudo bem se tivesse. Significava que ela era mais inteligente. Viu algo assustador e se afastou. Não era isso que todo mundo era ensinado a fazer?

Se ouvir um som assustador dentro de uma casa... saia da casa.

Deixando-se levar.

Flutuando em uma canoa amassada por um terceiro lago perigoso. Nenhuma placa ao longo das margens, nenhuma advertência para os banhistas:

PROIBIDO NADAR:

UMA CASA NO FUNDO DO LAGO

Uma casa que vocês vão querer explorar. Uma casa que vão querer chamar de lar.

James sonhou com o pimenteiro. Estava enfiando a faca na base e, quando Amelia apareceu atrás dele para lhe contar sobre a porta do porão, ela estava chorando.

O que foi?, perguntou James, soltando bolhas de história em quadrinhos.

Você estragou tudo, respondeu ela. *Você estragou perguntando como. Por que perguntou como? Por que perguntou qualquer coisa quando estava tudo tão bom?*

Sinto muito, disse James, esticando a mão na direção dela pela água escura. *Não fiz de propósito!*

Amelia flutuou de volta para as sombras, chorando, balançando a cabeça de forma negativa como se dissesse: *Está arruinado, tudo arruinado, agora nós estamos com medo, não está vendo que estamos com medo?*

Amelia!

Ela havia sumido. Engolida pelas sombras da cozinha.

Mas alguém continuava ali. Uma figura sem forma, tão vaga quanto cera derretida.

Quem é você?, perguntou James.

Um rosto sem traços saiu do papel de parede. Sem olhos, apenas dobras, mais amassado do que o lençol da cama de James, a pele mais cinza do que o cinza que havia por baixo da tinta verde da canoa.

É só um peixe, falou ele. *Você é só um peixe!*

Olhos aquosos arregalados. Lábios grossos de pugilista.

Uma mulher? Não. Um homem?

Por favor.

E um vestido. De que cor? Não sabia dizer. Um peixe de vestido? Peixe, não. Uma mulher?

Mulher, não.

Amelia!, gritou James, mas o corpo inchado, enfiado em um vestido pequeno demais saía das sombras, os lábios batendo em ondas invisíveis na cozinha.

AMELIA!!

Batom. Salto alto. Joelhos gordos e enrugados. Não conseguia ficar de pé nos saltos. Não sabia que não estava andando direito. Achava que estava maravilhoso. Achava que estava...

AMELIA!!!

Dedos rachados pegaram as mãos de James, flertando, puxando-o na direção da sala de jantar, na direção da primeira vez, na direção do sexo.

James puxou de volta, mas não conseguia soltar os dedos. Como o pimenteiro na bancada da cozinha. Seguro. Preso.

Como?!

E aquela risada de novo. Batidas de bumbo feitas de bala puxa-puxa.

James fechou os olhos em seu sonho e gritou porque ainda via o peixe (*homem, mulher, não faz diferença aqui embaixo*) puxando-o para lá e fechou os olhos dentro de seus olhos, gritando de novo.

E acordou.

Acordou em seu quarto.

Molhado.

Sonho erótico?

Não.

Ele se sentou e apoiou as palmas das mãos no cobertor debaixo dele.

Molhado, não.

Ensopado.

Quando tirou as mãos do cobertor ele viu que seus braços estavam molhados. Virou depressa o rosto e escorreu água de sua testa. Seu cabelo estava grudado na cabeça. Seu quarto, suas coisas...

James enxugou os olhos e viu.

Dez centímetros de água no chão acarpetado. Livros e bibelôs que deviam estar em cima da cômoda, que *estavam* em cima da cômoda, tinham ido parar no chão.

Um naufrágio, pensou James.

Um quarto afundado.
Debaixo d'água da noite para o dia.
— *Mãe! PAI!*
Água por todos os lugares. Pingando do teto, escorrendo pelas paredes. No parapeito da janela, seu celular estava em uma poça.
James pulou da cama e chapinhou no chão. Perdeu o equilíbrio e caiu dentro da água, a dez centímetros de profundidade. Água morna. Ele estava acostumado. Como se tivesse passado a noite (*o verão*) ali dentro.
Ele se atropelou e pegou o celular no parapeito da janela.
Ligou para Amelia.
— Alô?
Caixa postal.
Onde ela estava? *Onde ela estava?*
Enlouquecido, ele saiu patinhando do quarto. No corredor, olhou de volta para dentro. Sentiu algo que sabia que não devia estar feliz por sentir. Era alívio. Alívio por tudo ainda estar acontecendo.
As impossibilidades.
A mágica.
Ele ligou de novo para Amelia.
Nenhuma resposta.
Água por todos os cantos do quarto. Mas nenhuma água no corredor. Nenhuma água em qualquer outro lugar.
Só no quarto dele. Submerso da noite para o dia. Enquanto ele dormia.
Afundado.
James estava acordado. Totalmente acordado.
O que aconteceu aqui?
Medo.
Um medo mais profundo. Um medo novo. Não era mais um medo apenas da casa. A casa ficava *lá*. Debaixo d'água. Mas isso... o quarto dele ficava a quilômetros do lago... Era a casa

dos seus pais. Isso era ruim. Colocava outras pessoas em perigo. Como ele podia manter uma coisa dessas em segredo?

Isso era *ruim*.

James saiu correndo de casa. A tarde ensolarada o assustava. Claro demais. Exposto demais. Normal demais.

Ele tentou se acalmar. Respirou. O sol secou seu short, sua camisa, seu cabelo. Ele ligou para o pai do celular.

O pai atendeu.

— Você está bem, James?

— Não. Houve um... Será que... Um cano furou, ou sei lá?

— Como assim?

— Meu quarto está encharcado.

— Seu quarto?

— É. Encharcado, pai.

— Algum outro lugar da casa também?

— Não. Só o meu quarto. O que você acha que foi?

— Já sei o que foi. O encanamento principal.

— Como você sabe que foi isso? Como sabe?

Medo em sua voz. Medo novo. Medo generalizado.

— O que mais poderia ter sido? — retrucou o pai, dando uma risadinha abafada. James pensou na risada subindo em forma de bolhas no lago. — Não choveu ontem à noite.

O que mais poderia ter sido, James? O que mais?

— Está bem. O que eu faço?

— Nada. Vou mandar a Dana.

— Está bem. O que eu devo... É melhor eu não voltar lá para dentro.

— Como assim?

— Quero dizer... dentro de casa. Não é melhor eu esperar pela Dana?

Seu pai riu.

— Você não vai morrer, James. É só o encanamento principal. Mas espere onde quiser. Vou mandar a Dana e ela vai consertar.

— Valeu, pai.

— Você está bem, James?

— Estou, é só que... — Havia medo em sua voz, medo em seu sangue. — É meio assustador acordar desse jeito.

— Imagino. Alguma coisa estragou?

— Não. Bem... nada importante. Só... sei lá.

— Dê uma conferida. Você não quer perder tudo.

— Está bem, pai. Hum. Obrigado.

Eles desligaram.

James ergueu os olhos para o céu azul. Depois baixou-os para a grama seca e verde.

Você não quer perder tudo.

Mas ele tinha. Ele tinha perdido tudo.

A casa.

Amelia.

Tudo.

Ainda assim... continuava acontecendo?

A casa? Amelia? Tudo?

Quando Dana finalmente estacionou a van de trabalho na entrada, James estava sentado de pernas cruzadas na frente da garagem. Mais tarde ela contaria ao pai do James que a sensação foi de encontrar alguém sentado em uma balsa amarrada a uma casa. Como se ele quisesse sair dali, mas tivesse medo de se perder no mar.

29

Enquanto estocava as prateleiras no mercado da Darlene, Amelia sabia que era melhor não tentar tirar a casa da cabeça. Não adiantava lutar contra aquilo. Ela estava obcecada e, se havia uma coisa que sua mãe havia lhe ensinado sobre obsessão, era *mesmo quando você não faz, você faz.*

Na semana que se passou desde que haviam deixado o terceiro lago, Amelia *fez*. Ela *pensou* na água fria batendo na madeira da balsa. Ela *pensou* em como era bom estar naquela balsa, pensou nos olhos de James percorrendo seu corpo de cima a baixo feito o chafariz florido jorrando água na frente do restaurante chinês. De cima a baixo. Sem parar. O interesse dele se renovava toda vez. Ela sentia falta disso. Sentia falta das toras de madeira sob seus pés descalços, da sensação de super-heroína de se enfiar na roupa de mergulho pela primeira vez todos os dias, do brilho das montanhas emoldurando o terceiro lago. Ela sentia falta do sol, dos sons, das sensações.

Mas, acima de tudo, sentia falta da casa.

Marcy falou pelo alto-falante do mercado:

— Houve um derramamento de melecas no corredor três. Amelia? Pode cuidar disso?

Amelia até tentou sorrir. Mas era bem difícil. O mercado estava vazio e Marcy tentava ajudar. Ela sabia que alguma coisa estava acontecendo com Amelia, mas não sabia exatamente o que era.

Mesmo agora — abatida, com medo, confusa — ela não falava sobre a casa.

Ou sobre o barulho no andar de cima.

Uma semana.

Uma semana sem fumar podia levar um fumante à loucura. Uma semana sem a família podia mudar um homem.

Ela se sentia transformada. Diferente. Com medo.

— Amelia?

Enquanto estocava arroz no corredor três, Amelia virou-se e viu Marcy torcendo as pontas do cabelo até formar dois guidões nas laterais da cabeça. Ela mascava chiclete igual a um cachorro.

— Estou parecendo um bigode enorme?

Amelia tentou sorrir. Era difícil.

Ver o cabelo da Marcy esticado para os lados daquele jeito a fez pensar em seu próprio cabelo refletido nos espelhos da casa.

— Você está bem mesmo, Amelia?

Ela olhou para as mãos e percebeu que estava segurando uma caixa de cereais. No corredor do arroz. *Como isso veio parar aqui?*

— Estou ótima.

— Você está neste corredor há quase dez minutos. E está estocando errado.

Aqui não é o lugar do cereal, Amelia. E o seu lugar não é na casa.

— Desculpe — disse ela. — Vou me concentrar, Marcy.

— É porque você está apaixonada?

À menção daquela última palavra, Amelia viu James em pleno voo, mergulhando na água acima do telhado.

— Só um pouco cansada — respondeu ela.

— Até parece — falou Marcy, balançando negativamente a cabeça.

Amelia viu os pés descalços de James enquanto ele era engolido pela escuridão do lago.

— Qual é, Marcy! Estou bem.

— Está bem. Mas, se você passar mais dez minutos aqui, vou chamar a polícia do coração partido.

Amelia tentou sorrir. Era difícil.

Marcy saiu de lá.

Amelia se agachou e deixou o cereal no chão ao lado da caixa de arroz. Ela pensou no esperma de James se espalhando, uma explosão em câmera lenta, em como foi maneiro, em como tudo era incrível até que... até que... bem.

Amelia abriu a caixa de arroz e ouviu Marcy enrolando no corredor ao lado. Parecia que ela estava... espremendo alguma coisa. Torcendo um pano de chão. Algo molhado.

Será que ela já perdeu tudo?, pensou Amelia. *Tudo de uma vez?*

Parecia que Marcy havia deixado cair alguma coisa. Um som molhado de *plop*. Era o som inconfundível de um amigo vindo sorrateiramente por trás de você.

— Cuidado, Marcy — gritou ela.

Um segundo *plop*. Mais alto. Para Amelia, soava como sapatos molhados.

— Marcy?

Às vezes, quando voltava para a loja depois de ter levado o lixo para fora, os sapatos rangiam no chão de linóleo do mercado. Virara alvo de piada entre os colegas de trabalho. *Cuidado com a gosma perto da caçamba. Ela gosta de você. Vai segui-la de volta para dentro.*

Mais um esguicho no corredor ao lado e Amelia sentiu a primeira onda de medo. Veio assim, em uma onda, não da mente para o corpo, mas como as ondas invisíveis debaixo da superfície do terceiro lago; primeiro elas atacavam o rosto e a parte da frente do corpo, depois se enroscavam no restante de você.

— Marcy?

Mais um passo lento e úmido. Como se a pessoa de sapatos molhados não soubesse exatamente como andar.

Ou como se não andasse em terra firme havia muito, muito tempo, Amelia.

— *Marcy?*

Lágrimas começaram a embaçar a parte de baixo dos olhos de Amelia. Ela olhou lentamente para cima, para o espelho redondo de segurança pendurado no teto do supermercado.

Tinha algo no corredor ao lado? Tinha mesmo?

— Amelia! O que aconteceu com você hoje?

Marcy. Atrás dela. No fim do corredor.

Mais um passo molhado. Aproximando-se do fim do corredor ao lado.

— Que som é esse, Marcy? — perguntou Amelia, os olhos brilhantes e assustados.

— Que som?

Amelia se levantou. Olhou para o lado oposto do corredor, onde quem quer que estivesse andando do outro lado sem dúvida apareceria, viria chapinhando atrás de Amelia.

— Ai, meu Deus, Marcy. Tenho que ir.

— *Ir?* Você está maluca, Amelia?

Amelia retrocedeu até Marcy, sentiu-a atrás de si, mas não desviou os olhos do fim do corredor.

— Desculpe — falou ela. — Tenho que ir. Agora.

— Amelia, você não pode...

Amelia arfou quando uma mulher passou no fim do corredor. Ela estava usando uma regata verde e short de um tom berrante de laranja. Óculos escuros e viseira. Carregava um snorkel que acabara de pegar no corredor ao lado e seus chinelos chapinhavam enquanto ela andava.

Amelia olhou para Marcy.

Então caiu na gargalhada. Não foi difícil fazer isso.

— O que houve, Amelia?

Ela ouviu de novo o próprio nome, desta vez veio do fim do corredor onde a mulher acabara de passar.

— Amelia.

A voz de um garoto.

Antes de se virar para ele, Amelia soube quem era. Como poderia não saber? Pensara mil vezes nessa voz na última semana.

— James.

Ele estava no fim do corredor, parecendo envergonhado. *Não*, pensou Amelia. *Envergonhado, não. Com medo.*

— Desculpe por ter vindo até o seu trabalho — disse ele. — Mas aquilo apareceu na minha casa ontem à noite.

Amelia não respondeu. Não diretamente.

— Marcy — disse ela, ainda olhando para James. Sua voz estava firme, o mais firme que estivera em uma semana. — Pode nos deixar a sós por um instante?

— Claro.

Marcy saiu deslizando pelo corredor atrás dela e Amelia e James ficaram se encarando em silêncio.

Aquilo apareceu na minha casa ontem à noite.

Nenhuma reação de Amelia. Como se ela não estivesse surpresa.

Nós fomos embora do lago, pensaram os dois, com as próprias palavras. *Mas o lago nos quer de volta.*

Uma semana.

Uma semana separados.

Amelia correu até ele.

Ela o abraçou com força. Todas as suas emoções em conflito acharam espaço para respirar e ela chorou. Mas também sorriu. James segurou com gentileza a parte de trás da cabeça dela e a puxou para perto, mais perto, até parecer que nada poderia arrancá-la dos braços dele de novo. Nem mesmo ondas.

— James — disse ela. — James, nós estamos enlouquecendo?

— Precisamos de uma terceira pessoa — respondeu ele. — Precisamos contar a alguém.

— Não — disse Amelia. — Isso, não.

James olhou no fundo dos olhos dela. Será que ele e Amelia estavam no mesmo nível em relação àquilo? Ou Amelia estava mais envolvida?

— E aí? O que vamos fazer?

— Me escute — disse ela, afastando a cabeça do peito dele, encarando-o.

— Está bem. Fale.

Ela fez uma pausa. Respirou fundo. E disse a ele:

— Precisamos voltar.

— Amelia...

— Precisamos nos apresentar, James. Precisamos dizer oi.

James a abraçou. Ele fora até o mercado da Darlene decidido a fazer o que quer que Amelia achasse que deviam fazer. Mas não conseguia agarrar a palavra *oi*, que escorregou por entre seus dedos e respingou, molhada, no chão do mercado.

— Está bem — respondeu ele, amando Amelia, apaixonado por ela, querendo deixá-la feliz. — Está bem.

Mas, enquanto a abraçava, ele entendeu que não estava fazendo apenas o que Amelia queria. No instante em que dissera *está bem*, fora tomado por um alívio que não sentia havia sete dias.

Não, Amelia não estava mais envolvida. Ela só descobrira um motivo para fazer exatamente o que ele queria tanto fazer.

Voltar.

Voltar até a casa.

Precisamos nos apresentar. Precisamos dizer oi.

— Você acha que aquilo vai nos receber bem? — perguntou ele, pavor e alívio se misturando de alguma forma em seu sangue.

Amelia assentiu.

— Nós também moramos lá, James. *Nós também moramos lá.*

30

Remar no primeiro lago pareceu diferente porque agora iam em direção a alguma *coisa*, não a algum lugar.

Espremer-se pelo túnel pichado pareceu diferente porque eles empurraram para chegar a alguma *coisa*, não a algum lugar.

E ficar em pé na balsa, olhando para dentro da água, pareceu diferente porque os dois acreditavam que algo os olhava de volta pelas janelas daquele lugar mágico e maravilhoso lá embaixo.

31

James mergulhou primeiro, sem dúvida em um esforço para mostrar a Amelia que ele havia topado a ideia dela, apesar de não se sentir muito diferente por dentro. Ainda assim, no instante em que seus ombros romperam a água fria, conforme a superfície se abria feito lábios sugando-o para dentro, James entendeu que na verdade não havia opção. Porque a única outra coisa a fazer seria *não voltar*. E eles não podiam fazer isso. *Não* iam fazer isso. Aquele era o seu clubinho, a sua casa na árvore, o segredo deles, *deles*.

Ao nadar na direção do fundo lamacento do lago e sentir que Amelia havia mergulhado acima dele, James lembrou-se de quando tinha dez anos e fundou com alguns amigos um clubinho. Eles o chamavam de Potscrubber, e o Potscrubber não passava de uma enorme caixa de papelão cortada e colocada entre duas árvores, criando um bivaque, um abrigo para os segredos deles. A caixa em si havia sido usada para uma máquina de lavar pratos e o rótulo *Potscrubber* ficara dentro do clubinho, sempre à vista.

James chegou ao fundo, aproximou os pés de pato da lama e sentiu o afundamento familiar, o ato de fundir-se com os alicerces do terreno.

O terreno deles.

Pensou na aranha que encontraram no Potscrubber.

Derrick pesquisou na enciclopédia e disse que era venenosa. Era chamada de aranha-violinista e ele falou que uma picada podia matar um homem. Jerry disse que Derrick havia errado de aranha, falou que eram parecidas, mas que essa não era aquele tipo. Derrick não queria voltar e falou que eles deviam abandonar o Potscrubber, simplesmente deixá-lo na floresta. Não prestava mais.

Mas Jerry queria se livrar dela. E James também.

Os amigos voltaram ao Potscrubber.

Amelia aterrissou ao lado dele e os dois se viraram para ficar de frente para a casa juntos. Primeiro, direcionaram as lanternas para a escuridão de cada lado da casa, como se estivessem procurando por movimento (*alguém no jardim*). Os feixes de luz se estenderam para dentro da eternidade ou do nada, já que ambos pareciam a mesma coisa. Eles iluminaram as janelas da frente. Estavam muito conscientes de que procuravam por alguém. Buscando por rostos (*tem alguém em casa?*). Era isso que tinham ido fazer ali.

Para se apresentarem.

James pensou nas picadas de aranha nos braços e nas pernas de Jerry. Nos pedaços que os médicos tiveram que tirar da coxa direita e do bíceps esquerdo do menino. Pensou em como depois disso suas roupas ficaram frouxas para sempre.

Amelia deu um tapinha no ombro de James.

Você está pronto?, parecia perguntar.

James assentiu. Ele estava pronto.

Amelia saiu nadando, passando pela meia porta da frente.

James foi atrás.

Sob a luz dele, salpicos de lama subiam em um círculo em volta dos pés de pato de Amelia. Sob a luz *dela*, ele via o interior da casa, fragmentado, em partes. Fazia uma semana. Uma semana sem.

Pareciam saborosas as breves imagens, *alívio*.

De repente, Amelia se virou e nadou de volta para James. Ela o agarrou pelas laterais da cabeça e encostou a máscara na dele. Paz. James e Amelia. De novo debaixo d'água. De novo na casa.

O que ele havia perdido, afinal de contas? Nada. Ele não havia perdido nada.

Amelia falou alguma coisa, palavras que ele não entendeu. Depois ela se afastou. Nadando para a escuridão.

E James a seguiu.

Mais fundo.

Ainda mais fundo.

32

Lá dentro, nadando separados, depois juntos, Amelia desapareceu atrás de uma porta entreaberta. James fez uma pausa para iluminar debaixo da mesa de sinuca; os cantos, a escuridão lamacenta caindo lá dentro, *rolando* para dentro sempre que ele afastava a luz. Amelia observou a escuridão a distância e a viu retornar com os movimentos oscilantes e ansiosos de James. Ele também viu as bordas da escuridão que pareciam planos físicos, tocáveis lá embaixo, *sempre* lá embaixo. Ele viu quando a escuridão agarrou o feixe de luz de Amelia como se tivesse mãos e lábios negros, engolindo-a.

A escuridão era presente, mesmo quando estava iluminada.

Através do escritório, das salas, da biblioteca, da cozinha, onde James se assustara com o pimenteiro. Para dentro da sala, paredes de vidro com vista para as profundezas lamacentas, peixes que passavam nadando através dos feixes de luz hesitantes, peixes tão sem cor quanto a água, quanto os cinza e pretos opacos e ondulantes, misturando-se, para não serem vistos, para não serem encontrados. Salpicos de lama flutuavam como poeira acima de uma estrada de terra, passos invisíveis os faziam subir, dando-lhes vida. James e Amelia fizeram uma pausa ali, direcionando as lanternas para o vidro, sentindo-se pequenos em comparação ao corpo ilimitado das montanhas, do lago, da casa.

Certa vez, eles haviam imaginado os próprios jardins crescendo naquela lama sem vida, flores sem cor balançando nas ondas subaquáticas.

Será que esses sonhos ainda eram possíveis? Será que tudo era possível agora?

Continuaram nadando, desviando-se pelos corredores, evitando luminárias, cômodas, nadando por cima de sofás, mergulhando embaixo dos lustres e das lâmpadas. Na porta do porão, Amelia fez uma pausa e encarou James nos olhos. Ela jogou a luz no próprio rosto e murmurou *sauna* com os lábios. Apesar de James não ter pensado nisso desde que a tinham visto, ele sabia à qual porta ela estava se referindo. A porta fechada de madeira ao lado da piscina coberta. O único cômodo que eles não haviam checado na casa. Será que achariam lá o que tanto procuravam? Uma toalha em volta da cintura, suor pingando de sua testa?

Atrás da porta do porão e muito abaixo dela, havia uma piscina em breu total, sua água de alguma forma desemaranhada da água do lago. Talvez o encontrassem ali. Nadando enquanto esperava, esperando enquanto nadava.

— Sauna — disse James, e Amelia empurrou a porta do porão.

James a acompanhou para dentro da escuridão. Ele a seguiu escada abaixo, relembrando as coisas que ela dissera recentemente. Usou as palavras dela para lutar contra os sentimentos ruins que lhe acometiam, contra a ideia de que não deviam estar ali, de que aquilo não era mais só amor.

Era perigo.

Mas o elixir de estar dentro da casa de novo tornava mais fácil deixar esses medos de lado.

Eles nadaram sob os degraus de pedra, sob as vigas baixas de sustentação, até que suas lanternas revelassem a superfície ondulante abaixo. Ela fluía na direção oposta da água na qual nadavam, como se o fantasma de uma segunda lua orbitasse a piscina, causando outra maré.

Logo depois da piscina, Amelia iluminou a porta lisa de madeira da sauna.

James pensou no Potscrubber. Não conseguia evitar.

Amelia encostou na porta da sauna.

James agarrou o pulso dela. Quando ela se virou para encará-lo, ele viu obsessão em seus olhos.

Jerry, ele se lembrava de dizer, enquanto as paredes do Potscrubber tremiam sozinhas, *tem outra no seu ombro.*

— Cuidado — falou James, mas a palavra foi ininteligível. Uma advertência inútil. Uma à qual ele não estava aderindo.

E, ainda assim, Amelia devia ter lido seus lábios, porque respondeu:

— Pode deixar.

Então ela sorriu e fez para ele o mesmo sinal de positivo. Desta vez sem vergonha.

Aqui vamos nós, ela parecia dizer. *Para onde estivemos indo o tempo inteiro.*

Ela empurrou suavemente a madeira e a porta se abriu.

Entraram na sauna e suas luzes mostraram bancos de madeira vazios. Uma fornalha fria.

Mas James estava com calor.

Ele iluminou logo acima da fornalha, convencido de que devia estar ligada, de que a sauna funcionava, sem explicação, como tudo o mais na casa. Ele olhou por cima do ombro a tempo de ver a porta se fechando lentamente com um balanço, como todas as outras portas, surfando nas ondulações invisíveis do fundo do lago. Mas desta vez a sensação era diferente. A aparência também.

Deliberado?, pensou James. Porém não era uma pergunta, mas uma palavra fugidia enfim encontrada.

Alguém está fechando a porta. Vamos ferver até a morte aqui dentro.

Sua máscara começou a embaçar.

Medo?

Calor?

Ele agarrou Amelia pelo braço e nadou na direção da porta que se fechava, arrastando-a até ela nadar sozinha. James foi na frente, a palma da mão encostada na madeira, pressionando de volta, empurrando com força, esperando encontrar resistência, mas não havia nenhuma.

A porta se abriu com facilidade. James iluminou atrás dela.

Ninguém.

Nada.

Não ali.

Mas alguém.

No andar de cima.

James e Amelia olharam juntos para cima, para o som familiar do teto rangendo.

Uma pancada lá em cima. Lenta.

Deliberada.

Será que havia tentado prendê-los? E será que tentaria de novo?

Eles seguiram o som com os olhos, deslocando-se acima da piscina, depois pelos azulejos cercando a piscina à medida que os passos largos que rangiam se afastavam mais, dirigindo-se, pelo que parecia, para a porta do porão.

Sem hesitar, Amelia nadou na direção dele. Na direção do som que se aproximava.

De início, James não conseguiu se mexer. Não *queria* se mexer. O que quer que estivesse naquela casa se aproximava, chegava perto, e por mais que os dois tivessem concordado em cumprimentá-lo, James descobriu que, chegado o momento, o acordo parecia insano. Paralisado pela indecisão, observou Amelia murchar. Seu medo aumentou. Mesmo naquele momento, enquanto Amelia ia na *direção* do som, da batida que personificava o horror que ele sentia, James não quis ficar sozinho, não quis flutuar ali, nadar perto da sauna. Foi atrás dela, para pegá-la, alcançá-la, consciente do espaço aberto atrás dele, do espaço crescente.

Mais adiante, Amelia desapareceu escada acima.

Nós devíamos nos apresentar.

Era o que ela estava fazendo.

James entrou no corredor de pedra da escada e sentiu a pressão do espaço crescente atrás dele. Seus braços e pernas formigavam, igual a quando uma criança subia correndo do porão, tendo certeza de que algo molhado, algo *velho*, estava prestes a agarrar seu tornozelo.

Volte, James, diria, as palavras tão inchadas quanto seu rosto. *Fique mais um pouco.*

Ah, a sensação de que algo estava perto, reduzindo a distância, que o agarraria e o arrastaria se debatendo de volta para a sauna onde desta vez a porta se fecharia, se trancaria, onde James ferveria até a morte, gritando dentro da máscara, fervendo, queimando, empolando.

O espaço crescente.

Ele nadou escada acima e teve a sensação de estar correndo morro acima; a resistência, o cansaço, a impaciência de um pesadelo. Amelia estava fora de alcance, fora de vista. James chamou por ela, mas suas palavras eram uma série de bolhas inúteis que estouravam dentro da máscara no ritmo das pancadas prolongadas vindas do teto.

O teto.

O teto.

Onde os rangidos continuavam.

Onde o som de passos largos prosseguia.

James chegou ao topo da escada e atravessou a porta. As pancadas persistiam; os passos, martelando em sua cabeça, em seus ossos; a batida de peles mortas bem esticadas em tambores de aço feitos com as partes de uma canoa amassada.

Ele esticou a mão para a escuridão, esperando encontrá-la, esperando puxar Amelia para longe do que quer que estivesse fazendo aquele som, do que quer que estivesse vindo, do que quer que ela quisesse tão desesperadamente encontrar.

Nós enlouquecemos, pensou James. *Enlouquecemos de amor.*

O pensamento era claro, definido, apesar do estrondo frenético em volta dele. Iluminou o cômodo de forma louca. As duas portas, duas saídas, ambas entreabertas. As poltronas e as almofadas que não flutuavam acima delas. As prateleiras onde livros em condições impossíveis não sucumbiam às leis da natureza. O teto onde vigas sólidas de madeira não murchavam e lascavam.

Nada de Amelia.

Não ali.

Mas a batida, *ainda* martelando, continuava.

James nadou em direção a uma das portas.

Parou. (A água passou por ele.)

Virou-se. (A água se virou com ele.)

Nadou na outra direção.

Parou. (A água passou por ele.)

Virou-se. (A água se virou com ele.)

De onde vinha? Onde estava Amelia? Estava perto de encontrar o monstro?

Ou será que ela já o havia encontrado?

Um movimento atrás e James se virou mais uma vez, depressa, iluminando o retrato, a natureza-morta pendurada na parede. Recuou do rosto que ela formava, a boca representada pela beirada da mesa e as cortinas em vez do cabelo. As ameixas no lugar dos olhos e a vida em seu olhar.

A tela ondulou, mostrando uma expressão através da pintura.

Os olhos roxos pareceram ganhar foco. A boca se avolumou para fora na direção dele.

James deixou a lanterna cair.

Ele bateu os pés na direção do chão, esticando a mão para a luz que afundava.

Afundava.

Afundava.

Batia no chão.

Ficava preta.

Preta.

Preta.

Algo tocou nele.

Tela molhada? A polpa de frutas podres?

James chegou ao chão acarpetado e se encolheu, as mãos erguidas, protegendo-o de qualquer coisa ali.

(*O quadro protuberante, ganhando vida, saindo da parede.*)

Amelia!

Ela estava em algum outro lugar da casa, aproximando-se intencionalmente do perigo.

Amelia!

Ela fora encontrar o que quer que fosse responsável pelo tambor que batia, pelas batidas de tambor do coração dele.

— Amelia! Socorro!

James estava flutuando na direção da janela, rápido o bastante, pelo visto, para quebrá-la. Com força suficiente para atravessar o vidro, para ser mandado em espiral para dentro do lago, gravidade zero, girando, mais para longe da casa, mais para longe de (*tudo*) Amelia.

— Amelia!!

Ele vira a boca da beirada da mesa se abrindo. Antes de o mundo ficar preto. Vira os olhos de ameixa registrando sua presença ali. Antes de o mundo ficar preto.

Não vou conseguir, pensou James. *Não vou conseguir SAIR DESTA CASA.*

Paralisado de medo, com o corpo enroscado e flutuando perto do teto da sala de estar, James percebeu que nunca tinha ficado tão assustado em toda a sua vida. E apesar de sempre ter sonhado que agiria com honra se algum dia sentisse tanto medo, ele subestimara o que era *tanto* medo.

Ainda assim, o que veio em seguida era a única coisa que poderia tê-lo assustado mais ainda.

Era a coisa mais assustadora que podia acontecer dentro de uma casa submersa, uma casa no fundo de um lago.

As luzes se acenderam.

Não a lanterna.

As luzes da casa.

As luzes no teto. As luzes nos corredores. As luzes em todas as janelas e paredes.

As luzes se acenderam.

E James *viu*.

James viu o cômodo banhado, exposto. Viu a cor vibrante e verdadeira da casa.

Na janela, ele viu o próprio reflexo. Enroscado, flutuando, com medo.

Exposto.

As luzes estão acesas.

O abajur na mesa de canto estava aceso.

Aceso.

Uma lâmpada incandescente.

Eletricidade.

Correndo.

Debaixo d'água.

Ligada.

33

Amelia encostou as mãos na porta do porão e empurrou com força, entusiasmada demais para parar, seguindo as pancadas dos passos que ouvira no andar de cima. Ela sabia que James ainda estava lá embaixo, mas devia estar vindo. Não queria deixá-lo para trás, mas os passos a levaram até a sala de estar. Era *exatamente* aonde eles estavam levando, dois pontos convergindo, ela e os passos, para (enfim) se encontrarem ali na sala de estar.

Mas, quando ela chegou, sua lanterna lhe mostrou que estava sozinha.

— Olá?

As duas sílabas despencaram dentro da máscara.

Ela ouviu de novo o rangido vindo de fora da sala de estar e Amelia entendeu que havia chegado um pouco tarde, só isso.

Quem quer que ela devesse encontrar estava logo à frente.

Mais fundo dentro da casa.

Amelia nadou depressa na direção da porta à sua esquerda. Achou que James devia estar por perto. Ele saberia que devia segui-la. Encontraria a sala de estar vazia e a seguiria. De qualquer modo, independentemente do que *ele* fizesse, *ela* precisava continuar, precisava alcançar quem quer que ainda estivesse se mexendo à frente.

Ela passou pela porta enquanto esta balançava até se fechar. Mas quem quer que tivesse estado naquele cômodo adjacente já tinha ido para o próximo.

Os passos lhe disseram isso.

Amelia seguiu.

Sua lanterna tremulou e ela sabia que estava falhando. Sabia que ia apagar, que ficaria escuro se ela não subisse até a balsa e trocasse as pilhas. Ainda assim, havia uma parte dela que acreditava que ficaria escuro mesmo se as pilhas fossem novas.

Você está sob um poder maior que o seu, pensou Amelia, sem saber exatamente (ou se importar com) o que isso significava.

As pancadas continuaram. Ficaram mais baixas.

Ela seguiu seu feixe de luz fraco pelos cômodos, evitando os objetos de cada um, até parecer uma dança, um movimento intencional, entre ela e o outro. Como a luz estava enfraquecendo, ela não conseguia mais ver os cantos a menos de dois metros de sua máscara. E a casa parecia estar ficando mais escura, mais indistinta, estabelecendo um clima proposital.

Para dentro da cozinha, por cima da primeira ilha de mármore, depois perto do chão, então para cima, passando por uma janela em quadrantes. Tudo isso em partes oscilantes, visões que intensificavam o cinza, próximo da escuridão.

Em pouco tempo Amelia não sabia mais em que cômodo estava, que vãos de porta atravessara.

Ainda assim ela continuou, seguindo o som daqueles passos, até finalmente ver o pé da escada.

A luz diminuiu.

Ela nadou acima do degrau de baixo, apurando os ouvidos.

Onde aquilo tinha ido?

Para cima?

Um rangido na escada informou que ela estava perto, mas sua luz não lhe mostrava forma alguma.

Ela devia esperar por James. Esperar por mais luz. Esperar.

Mas não podia.

Ela nadou por cima da escada, subindo, chegando ao segundo andar, seguindo o rangido da madeira, o rangido da casa velha, o tambor sendo batido, as batidas de tambor de pés descalços chapinhando pelos degraus.

No meio da escada, a lanterna apagou.

Escuridão.

Escuridão total na casa.

Pela primeira vez, Amelia vivenciou a casa como era sem ela e James, como ficava à noite, como era antes da chegada deles.

Ela foi guiada pelos rangidos e entendeu que estava no topo da escada, entrando no corredor comprido onde uma única porta balançava mais ao longe, uma porta que ela ouvia se abrindo à frente.

Ela nadou para a escuridão, mais para o fundo da garganta do segundo andar, as mãos esticadas para a frente, pronta para se conectar.

Amelia teve a impressão de escutar o movimento de um tecido sendo puxado, escorregando da ponta curva e lisa de um cabide de madeira.

Ela soltou a lanterna. Estava sendo inútil.

Apesar de não poder vê-la, pôde *senti-la* afundando até tocar rente o chão do segundo andar, um contato tão leve quanto um carinho.

Então as luzes se acenderam.

Não o feixe escasso da lanterna.

As luzes da casa.

Amelia parou de nadar (a água passou por ela), sem querer parar, mas estava desnorteada, perplexa, vendo pela primeira vez as paredes do corredor em detalhes, as cores, linhas e dimensões exatas da casa.

Flutuando, sem fôlego, ela olhou por cima do ombro para o topo da escada. Viu que a passadeira era vermelha, de um tom brilhante, da cor de sangue em abundância. Uma luz vinha do andar de baixo e ela entendeu com clareza que o corredor do segundo andar não era o único lugar iluminado.

A casa. A casa inteira.

Ela se posicionou de forma a ficar de frente para a porta no fim do corredor de novo.

Olhando para a frente, nadando, Amelia deu o maior sorriso que sua máscara permitia.

Sabia por que as luzes haviam se acendido. Não perguntara por que, não se permitira fazer isso, mas ela *entendeu*.

Era uma oferenda. Uma declaração de boas-vindas.

Uma saudação.

Ela nadou.

Chegou à porta. Viu os detalhes em sua superfície, marcas borradas (*cera?*) onde outros dedos (*não os seus!*) haviam aberto a porta antes dela.

Amelia entrou no quarto de vestir. Viu a cor vermelha flutuar na direção dela. Abaixou-se, permitindo que o tecido vermelho passasse por cima dela, o vestido vermelho, e uma cortina se abriu revelando um palco, o espaço diante das portas abertas do armário.

Uma mulher.

Não.

Uma forma.

Nua.

De que idade?

Não via seu rosto, estava de costas para Amelia.

Não.

Então viu o rosto. Refletido em um espelho pendurado dentro da porta do armário.

Sem rosto.

Amelia foi na direção da coisa, impulsionada por ondas invisíveis.

Cera.

A palavra pareceu boba, um jeito idiota de descrever o que estava diante dela, e ainda assim *parecia* feito de cera.

Igual a quando você derrete cera e a mergulha na água.

Sem rosto. Sem cabelo. Sem ossos. Apenas pilhas indefinidas de cor-de-rosa, moldes grossos de cuspe galvanizado.

Ainda assim *estava* se mexendo, levantando (*um cotoco de cera*) o braço de tal maneira que Amelia entendeu que estava de frente para ela, afinal, que os calombos e as dobras inexpressivos formavam seu rosto.

Amelia gritou. Tentou deter o movimento do seu corpo para a frente.

Mas as ondas invisíveis a impulsionaram.

De que idade?

Eterna.

De que idade?

Nunca.

A coisa disforme levantou seu toco de braço alto o suficiente para que Amelia visse que segurava (*sem mãos*) um vestido preto. Como se ao entrar ali ela tivesse violado a privacidade de alguém se vestindo.

Ela não está vendo você, pensou Amelia, com súbita clareza. *Dê a volta! Ela não sabe que você está aqui!*

Amelia lembrou-se da sala de jantar. Ouviu de novo os rangidos. Os passos (*de cera*) prolongados vindos de cima.

Ela nos ouviu. Não podia nos ver. Mas nos OUVIU.

A coisa deslizou o tecido preto ondulante pelos braços sem forma. Amelia imaginou-a na cama, dormindo, enquanto ela e James perdiam a virgindade lá embaixo. Amelia a visualizou levantando-se da cama depois de ouvir o que parecia o som do amor em algum lugar da casa.

Nós devíamos nos apresentar.

Sim. Ainda. Faça isso.

Porque *não* fazer isso significava sair da casa e não voltar mais.

Amelia se aproximou dela.

Sim, pensou. *Diga que você está aqui, que agora também mora aqui.*

Quando chegou perto, Amelia tocou o ombro da coisa.

— Eu me chamo Amelia — falou. — Quem é...

E as luzes se apagaram.

Em todos os lugares.

Na escuridão desconcertante, Amelia esticou a mão para o armário, mas não encontrou nada ali. Ela se abaixou, levando o pé de pato até o chão, mas não encontrou nada.

Ela nadou mais para baixo, mais para o fundo, mas não achou nada ali também.

Ainda assim... uma luz muito abaixo dela. Uma única luzinha subindo, aumentando de tamanho, vindo em sua direção até ela entender que era o alvo daquela luz, exatamente o que estava sendo procurado.

Onde está a escada? Onde está o chão?

O feixe não revelou (*sumiu, tudo sumiu*) nada.

Nada de parede. Nada de madeira. Nada de tapete, nada de janelas, nada de cadeiras.

Nada mais.

Conforme a luz de James ficava maior, mais brilhante, Amelia olhou em todos os lugares em busca de um sinal da casa. Um sinal da coisa que morava ali.

Nada mais.

Quando James a alcançou, Amelia pegou a lanterna e nadou, girou, tentando achar a casa, seu clubinho, seu (*Potscrubber*, pensou James) lar.

Quando ela apontou a luz para James, ele balançou negativamente a cabeça.

Desapareceu, fez ele com os lábios.

E estava.

Desaparecida.

Só dois adolescentes agora, nadando no meio de um lago muito escuro.

A casa. Não mais.

34

Era cera, pensou Amelia. *Podíamos tê-la moldado no que a gente quisesse que fosse.*

35

Amelia em casa. No sofá. Pensando.

Ela pensou muito durante os dias que sucederam os últimos acontecimentos na casa. Achava que sabia o que tinha acontecido e por quê. Mas isso era parte do problema: estava cansada de perguntar por quê.

Em uma manhã particularmente motivada, ela chegou a investigar mesmo. Tentou encontrar alguma informação sobre a casa. Sobre o lago. Uma casa no fundo de um lago, ela achava que *devia* ter um rastro. Ainda assim, não havia nada. Nenhuma imagem, nenhuma história, nenhum boato. E a cada beco sem saída que encontrava, ela sentia um pequeno alívio. Se ninguém mais tinha uma história sobre a casa... isso não significava que, de certa forma, ainda pertencia a Amelia e James? E se eles nunca conversassem sobre isso com mais ninguém, se guardassem o segredo para sempre, a casa continuaria sendo deles, e só deles, para sempre, não é?

Mas esse era o problema. Um dos problemas. Muitos problemas. Ela *queria* falar sobre aquilo com todo mundo com quem conversava. Queria contar aos pais. Contar aos seus amigos que ela não vira durante todo o verão porque estava grudada com um garoto, grudada a uma balsa atada a uma casa em um lago. Grudada. Enganchada. Presa. Ela teve que literalmente segurar a boca fechada quando sua amiga de infância Karrie ligou para perguntar como ela estava. Karrie sabia que havia algo errado.

Amelia percebeu isso ao ouvir as perguntas dela, mas Karrie não tinha como adivinhar o que era, então Amelia não ficou com medo. Um viciado em drogas fungaria. Um alcoólatra faria um muxoxo no fone com seus lábios secos. Mas o que uma pessoa que estava presa a uma casa faria?

Desde que ninguém soubesse o que era, ninguém poderia tirá-la de Amelia.

Tudo isso, ela acreditava, era pensar demais. Pensar além da conta. Ainda assim, o que mais devia fazer? A casa havia desaparecido, deixando ela e James à deriva em um lago vazio, tão pouco mágico quanto qualquer outro lago no mundo, exceto pelo fato de que tinha sido diferente. Havia abrigado uma casa e na casa...

O quê?

Amelia fechou os olhos.

James.

Como ele estava?

Os dois se falaram nos poucos dias depois dos eventos mais recentes na casa, mas não era fácil. Pareciam atordoados. Havia espaço demais entre as palavras que diziam. Longas pausas no final das frases. Como se algo os deixasse lerdos, esticando as sílabas, emudecendo o significado.

Como se ainda estivessem conversando debaixo d'água.

Amelia não contou a James que ficava ouvindo o mesmo som prolongado em todos os lugares. E que as portas em sua casa levavam mais tempo para se fechar do que deveriam. Algumas pareciam balançar e se fechar sozinhas.

Ela abriu os olhos.

James.

Como James estava?

Eles pararam de se falar depois dos primeiros dias porque era esquisito demais. Quantas vezes podiam dizer que foi incrível, que foi uma loucura, o que vamos fazer agora, o que vamos fazer agora que vivenciamos o ápice da aventura e vamos ter que encarar uma vida entediante para sempre?

E quantas vezes poderiam evitar a questão real, de como fora bizarro, de como fora inacreditavelmente *assustador*?

Eles não estavam saindo. Nenhuma ida espontânea até o terceiro lago. Nada de aulas de mergulho. Nada de beijos. Nada de primeiras vezes em uma casa totalmente mobiliada debaixo d'água.

Quanto tempo fazia?

Dez dias? Duas semanas?

Amelia não tinha certeza.

Checou o celular e viu que ninguém havia ligado. Ninguém havia mandado mensagem. Ótimo. Assim ela não precisaria ficar de boca fechada, não teria que engolir as palavras que subiam por sua garganta, uma descrição da casa, um relato da fascinação que quase a consumira por inteiro.

Nós encontramos um lugar perigosamente mágico. Um lugar para se apaixonar.

Ela ficou olhando para a ponta do sofá e por um instante achou ter visto a almofada ondular, borrada por uma máscara que ela não estava usando, por bolhas que ela não soltava.

Mas nós o perdemos. E não sabemos onde foi parar.

Amelia afastou o pensamento. Ligou a televisão e se sentiu enjoada com cada imagem que viu. Parecia tão ensaiado, tão *seco* comparado ao que ela e James haviam encontrado.

E depois perdido.

Ela desligou a televisão. Fechou os olhos.

James.

Como James estava?

36

James não podia dormir em seu quarto porque ainda estava arejando depois de todo o dano causado pela água. Duas semanas se passaram e o cheiro estranho continuava. Ainda tinha cheiro de lago.

O pai estava se esforçando bastante. Determinado a fazê-lo voltar ao normal. Havia se tornado um projeto de orgulho para ele. James não se importava. Estava feliz de ver o pai tão obcecado. Isso o fazia se sentir melhor quanto à própria obsessão.

Dormir na sala não era tão ruim. Ali tinha televisão, pelo menos. Mas nenhum dos filmes era bom o bastante. Nenhum se comparava à aventura que ele tivera na vida real. A ação não o animava tanto quanto antes. Como se fosse apenas um monte de gente vestida de outras pessoas, fingindo. Falso. Contudo, o cheiro vindo do seu quarto era real. Nada falso. E a verdade era que *tudo* parecia meio úmido. Seus pensamentos. Suas ações. O modo como tudo ondulava.

Até o chuveiro tinha o cheiro um pouco parecido com o de um lago. Como se peixes nadassem dentro dos canos.

James não conseguia parar de pensar naquilo. Não *queria* parar de pensar naquilo. Lembrava-se o tempo todo da voz de Amelia, de suas expressões, da maneira como ela ficava no terceiro lago e especialmente dentro da casa. Ela era feliz lá embaixo.

Eles a tinham perdido por culpa de James?

Ele acreditava que sim. Provavelmente os problemas começaram quando ele tentara tirar o pimenteiro do lugar. Com isso, alertara alguém de alguma coisa. Apertara o botão errado. Batera na porta errada. Perguntara *como*.

Esses pensamentos circulavam como piões enquanto ele ficava sentado na varanda dos fundos, pensando em Amelia. Ele precisava se afastar do cheiro do lago. Não que fosse ruim ou forte. Na verdade, era por ser tão fraco e distante que quase o enlouquecia.

A canoa estava tombada de lado na grama. Com o sol se pondo sobre ela, James viu a grande quantidade de tinta que tinha sido descascada. Tornara-se praticamente prateada.

Lembrou-se do entusiasmo avassalador do primeiro encontro. Como ele ficara com medo de convidá-la. Como fora incrível ela ter aceitado.

Ele sorriu. Não o meio sorriso da tristeza, o sorriso largo e verdadeiro que vem com uma lembrança boa.

Tirou o celular do bolso e ligou para Amelia.

Será que nós podemos...

Chamando.

O que você acha de...

Continuou chamando.

James não conseguia acreditar que ia cair na caixa postal. Não podia. Não agora. Amelia tinha que atender e eles precisavam conversar porque, olhando para a canoa, James teve uma ideia. E era uma ideia boa e verdadeira, por isso Amelia tinha que responder, atender o celular, sentir que alguém em algum lugar do universo estava tentando alcançá-la com uma boa ideia, tinha que atender ao telefone e dizer:

— Alô?

— Amelia?

— Oi.

— E aí?

— E aí, James?

— Eu estava pensando...

— Eu também.

— Ah, é?

— O tempo todo. No que você estava pensando?

— Eu estava pensando que devíamos sair.

Silêncio.

Pelo visto, era um não.

— Um encontro?

— É. Jantar e cinema. Um primeiro encontro de verdade.

Silêncio.

Definitivamente, não.

— Está bem.

— Jura?

— Aham. Como eu poderia dizer não?

Ambos com dezessete anos. Ambos com medo. Ambos dizendo sim.

— Amanhã? Final da tarde? No centro da cidade?

— Aham. Amanhã. E... James?

— Oi?

— Eu te amo. Sinto muito por ter estragado tudo. Eu te amo.

— Do que você está falando? *Eu* estraguei tudo!

— Não.

— Não. *Sim.*

— Uau! — exclamou Amelia. — Parece que nós tivemos uma semana parecida.

— Doze dias.

Amelia riu. Era tão bom ouvir sua risada.

— Amanhã — falou ela. — Um encontro.

— Vou buscar você e tal.

Eles desligaram.

James enfiou o celular no bolso.

Começou a chorar. Não de tristeza. Também não era de felicidade. Vinha de algum lugar mais fundo. Algum lugar completamente submerso.

Ele chorou e suas lágrimas escorreram devagar, mais grossas do que qualquer lágrima que ele já tinha chorado. Grossas como água.

Como a água de um lago.

37

Eles comeram em um restaurante chinês na rua Simmer. Morreram de rir quando Amelia acidentalmente entrou no banheiro masculino em vez do feminino.

— Eles não estão identificados direito! — reclamou ela.

Era incrível. Um motivo para rir. Uma gafe de verdade. Em um encontro de verdade.

Eles contaram histórias sobre outros primeiros encontros e James revelou para Amelia o cheiro do lago em sua casa. Amelia disse a ele que se sentia como se ainda estivesse debaixo d'água. Como se não tivesse encontrado um jeito de voltar para a terra firme. Conversaram muito sobre isso. Cogitaram se era assim que os marinheiros se sentiam, ou as pessoas que trabalhavam em cruzeiros, quando enfim voltavam para casa depois de meses no mar.

— Está tudo meio trêmulo — falou James.

— Eu mudei — disse Amelia.

Uma parte era pesada. Outra parte, não. Mas tudo parecia bom. Cada sílaba. Cada ritmo. Eles estavam conversando a respeito de coisas sobre as quais vinham querendo falar havia dias. *Dias*. E fazer isso não era tão difícil quanto achavam que seria.

Eles riram de novo quando leram a sorte de Amelia: "Você vai visitar lugares misteriosos."

— Esse está um pouco atrasado — falou James.

Amelia deu de ombros.

— Ou não.

Eles pagaram e, no caminho para a saída, James sentiu o mesmo cheiro fraco de água do lago que sentia em casa. Ele cheirou a própria camisa.

Só podia ser isso. Mas não era.

Foram ao cinema, mas saíram no meio do filme. Todo mundo na sala estava rindo muito e se divertindo, mas eles não conseguiram se conectar. Amelia usou a palavra *transparente* e James considerou uma boa palavra para aquilo. E não era só porque não conseguiam se envolver com a história. Era como se pudessem ver *através* dela e averiguar que não havia mágica de verdade ali no filme.

Então, em vez disso, caminharam. E conversaram. A conversa se concentrou em assuntos mais pesados porque, não importava o quanto fizessem piada sobre aquilo, tinham passado por algo. Tinham *visto* algo. E tinham visto juntos.

Eles se afastaram do centro da cidade ao escurecer, indo em direção às ruas das casas mais bonitas, mais bonitas do que as que qualquer um dos dois já havia morado. As pessoas estavam na varanda. Algumas bebiam cerveja. Outras fumavam charutos.

Amelia e James caminharam.

Mais para dentro.

Por fim, a conversa alcançou um nível subterrâneo, uma piscina impossível no porão de uma casa impossível. As raízes. O lugar onde o inexplicável crescia, sem luz para sustentá-lo.

James sentiu. O espaço crescente. O espaço entre eles aumentando, apesar do que estavam tentando fazer.

— James — disse Amelia, enquanto viravam mais uma vez à esquerda e seguiam para ruas ainda mais escuras.

— O que foi? — perguntou, mesmo sabendo o que era.

Amelia parou e ficou de frente para ele. Seus traços estavam obscurecidos pela luz sombria.

— Acho que precisamos terminar. Acho que chegamos ao auge cedo e, se não terminarmos agora, vamos passar o resto da vida falando sobre algo que aconteceu quando nos conhecemos. Um dia, tudo isso não vai passar de um sonho, em parte pesadelo, e vamos nos sentir conectados um ao outro por esse motivo. Por causa de uma coisa irreal que aconteceu há muito tempo.

O espaço crescente.

— Só não entendo por que temos que terminar — respondeu James. Mas ele entendia. Ele entendia o que Amelia estava dizendo. Doía, só isso.

— Você vai ficar bem — falou ela. — E eu também vou ficar bem.

Um carro passou. James teve a impressão de que o motor gargarejava. Como se estivesse molhado.

A luz fraca distorcia o rosto de Amelia a ponto de parecer que ela usava uma máscara de plástico.

— Está bem — disse James.

Amelia esticou os braços e apertou as mãos dele.

James foi embora.

Amelia seguiu para o outro lado.

Enquanto ela andava, pensou sobre o que havia acabado de fazer. Estava certa, disse a si mesma. Tinha que estar. Não podia passar mais doze dias sentada pensando em uma casa que não existia. Não podia passar o resto da vida falando sobre a época em que tinha dezessete anos.

Ela já vira gente assim. Amigos do pai e da mãe. Presos. Enganchados. Submersos.

Ela chorou enquanto caminhava, mas fez isso com coragem. E toda vez que olhava por cima do ombro, para saber se James ainda estava de pé onde ela o deixara, ou então andando até ela, só via vazio. Escuridão. Como as áreas do lago que o sol não alcançava.

Merda, pensou Amelia. Merda porque doía. Merda porque ela estava certa. Não estava? Sabia que devia ter feito o que fez e James tinha razão em não resistir.

Eles sabiam.

Os dois sabiam.

Era a coisa certa a fazer.

Ficou mais frio e Amelia se abraçou, tentando se proteger. Tentando ficar aquecida e brilhante em um lugar frio e escuro.

Outra direita.

Outra esquerda.

A iluminação era melhor ali. O sol não era obscurecido por nenhum dos prédios do centro da cidade. Ela olhou por cima do ombro.

James?

Será que queria que ele viesse atrás dela?

Ela se voltou para a frente, para as casas da rua.

Uma chamou sua atenção. Nenhuma luz acesa do lado de dentro. Mas o formato. O tamanho.

Amelia saiu da calçada, atravessou o gramado da frente e foi até a casa.

Na porta, tirou o celular do bolso.

Ligou para James.

— Alô?

— James. Venha para a esquina da rua Chesterfield com a rua Darcy — sussurrou ela com entusiasmo. Como se estivesse sussurrando e gritando ao mesmo tempo. — Agora.

— Amelia. Nós acabamos de...

— Eu a encontrei.

Silêncio. Epa.

— Encontrou?

— A porta... eles a consertaram... alguém a consertou... e... e... três degraus levam até a porta, mas dá para ver... dá para ver como era antes. Venha logo, James. Depressa.

— Chesterfield com Darcy.

— *Isso*. Ai, meu Deus, James. Ai, meu Deus, as janelas. O telhado. Venha *logo*.

Amelia desligou. Ela se afastou o suficiente da porta para ver tudo ao mesmo tempo.

Ajoelhou-se no gramado.

A emoção que estava sentindo não era alegria. Não era alívio. Era diferente.

Mais profunda.

— James! — gritou ela, sorrindo. — Eu a encontrei!

Muito longe, como se emudecidos por camadas de água, ondas invisíveis, ela ouviu passos na calçada de concreto. O tambor batido, as batidas de tambor de James chegando para ver com os próprios olhos.

— Eu a encontrei! — berrou Amelia.

Ela também sentiu o espaço crescente. Mas não era o espaço entre ela e James. Era o espaço *além* deles, como se os dois fossem o mundo e todo o restante se esticasse, retrocedesse e se tornasse um litoral distante demais para ser visto.

Amelia fechou os olhos.

Voltou a abri-los.

As luzes haviam se acendido dentro da casa. Estavam acesas.

James se aproximava. Ela ouvia seus sapatos na calçada, a voz dele vindo de algum lugar na mesma massa d'água infinita.

— Amelia! — chamou ele. Mais perto. — Cadê a casa?

— É aquela ali — disse ela, apontando, sem ter certeza de que ele a escutava. Tudo bem. Ele ia ver com os próprios olhos em um instante. Encontrar um bom lugar só requeria um pouco de navegação. — É aquela ali — repetiu. — Com as luzes acesas...

1ª edição	JULHO DE 2018
reimpressão	MAIO DE 2021
impressão	BARTIRA
papel de miolo	PÓLEN SOFT 80G/M²
papel de capa	CARTÃO SUPREMO ALTA ALVURA 250G/M²
tipografia	ITC NEW BASKERVILLE